新潮文庫

奪還のベイルート

下巻

ドン・ベントレー
村上和久訳

新潮社版

11720

奪還のベイルート

下巻

主要登場人物

ジャック・ライアン・ジュニア……〈ザ・キャンパス〉工作員

ジョン・クラーク……………………〃　工作部長

ドミンゴ・〝ディング〟・シャベス…〃　工作部長補佐

リーサンヌ・ロバートソン…………〃　元輸送部長

ジェリー・ヘンドリー………………〃　創立者、元上院議員

ギャヴィン・バイアリー……………〈ヘンドリー・アソシエイツ〉ＩＴ部長

ピーター・ベルツ……………………ＣＩＡ工作担当官

ジャック・ライアン・シニア………アメリカ合衆国大統領

メアリ・パット・フォーリ…………国家情報長官

ベッカ・シュウェイガート…………応用物理学博士

トミー…………………………………ベッカの息子

アレックス・ブラウン………………グリーンベレーＯＤＡ 555 大尉

ケアリー・マークス…………………〃　曹長

ジャド・ムスタファ…………………〃　一等軍曹

ダグ・〝クラムドッグ〟・クラム……〃　衛生兵

ブライアン・マーティン……………〃　一等軍曹

グレッグ・グラス……………………〃　二等軍曹

ジェフ・ミシュラー…………………〃

ナタリー・〝デイジー〟・スミス……アメリカ空軍 F-35 パイロット

ドゥドゥ………………………………イスラエル保安機関〈シン・ベト〉局員

ゲブラン………………………………イスラエル諜報機関〈モサド〉のスパイ

ファルハド・アフマディ……………イラン〈コッズ部隊〉司令官

ダリエン・モラディ…………………イラン情報省ＭＯＩＳ

エカチェリーナ・シードロヴァ……ロシア対外情報局ＳＶＲ元局員

メフディ・フッセイニ………………シリアのカルト集団指導者

36

ジャックはとっさに地面に伏せると、撃ってくる相手の位置をつきとめるために、飛んでくる銃弾のおなじみのうなりを無視しようとした。スタジアムが作りだすコンクリート・ジャングルがライフルの音響に悪戯《いたずら》して、銃声はいたるところから跳ね返ってくるようだ。さえぎるもののない平坦《へいたん》な地形でも、音だけで狙撃手《そげきしゅ》の位置をつきとめるのはむずかしい。そのときジャックは左方向に閃光《せんこう》を目にして、攻撃側が隠れている場所の謎《なぞ》を解いた。

これはいい知らせだった。

悪い知らせは、攻撃側が待ち伏せを仕掛けるのに完璧《かんぺき》な場所を選んでいることだ——スタジアムの入り口から北東に約百メートルの駐車場だ。ジャックは任務前のあわただしい状況説明のさいにその場所を見たことを思いだした。衛星画像には、車の流れを集中させるための、膝《ひざ》までの高さのコンクリート製障害物がずらりと写っていた。いまジャックは、その同じ構築物が見えない攻撃者たちに有効に利用されているという感じを受けた。

左方向から一連のうめき声がして、ジャックの注意をうながした。それは悪い知らせの残りを告げていた。チームの隊員がすくなくとも三名、地面に倒れて動かない。ドゥドゥと生き残っているコマンドー隊員たちは、ＵＺＩの短く抑制のきいた連射で撃ち返しているが、ジャックは彼らが風に向かって唾《つば》を吐いているも同然であることを知っていた。

ＵＺＩは九ミリ口径の拳銃弾《けんじゅうだん》を使用する——近場の仕事では致死性の威力を持つが、約四十五メートル以上の交戦では役立たず以下だ。相手は暗闇《くらやみ》のなかで先に撃ってきたので、ライフルにきっと熱映像照準器か高感度照準器を装着しているのはいうまでもない。ジャックと彼のチームはいいカモであるだけでなく、劣勢で、武器も劣り、おまけに夜目が利《き》かなかった。もしなにかが交戦を彼らの有利になるように変化させなければ、これはカスター将軍の最期《さいご》以来、もっとも一方的な戦いとなるだろう。

コマンドー隊員がまたひとり、くるりとまわって地面に倒れ、その指のあいだからＵＺＩがすべり落ちた。

ジャックはぱっと立ち上がり、負傷者のＵＺＩをひろいあげると、狙撃手たちに向かって一連射ぶっ放しながら、まだ待っている救急車のほうへダッシュした。必殺地帯近くにいるほかの誰もと同じように、救急車の運転手は精いっぱい汚れたコンクリートと一体となろうとしていた。しかし、コマンドー隊員たちとちがって、モサドのスパイは、図体《ずうたい》の大きな救急車のおかげで、弾道のどまんなかに入ってはいなかった。

それを見てジャックはあることを思いついた。

ＵＺＩの弾倉はジャックが救急車にたどりつくと同時に空になり、彼は短機関銃を捨てた。攻撃側に精確な射撃を浴びせる自分の能力についてはなんの幻想もいだいていなかったが、それが彼の目的ではなかった。

狙撃手たちはたぶん、走りながらＵＺＩをぶっ放すひとりのガンマンなど自分たちにとって脅威ではないと思っただろうが、思うことと知ることは同じではない。とりわけ、ＵＺＩの銃身から花開く長さ八センチの炎の舌が、どんどん近づいてくる場合には。銃撃戦では、動きの激しさが優勢な火力に勝つ場合もある。

そして、たんにツイている場合も。

さしあたり、ジャックはどっちがどっちだろうが、そうえり好みはしていなかった。救急車に生きてたどりつけただけで幸せだった。モサドのスパイはどうやら同じ気持ちではなかったようだが。

「乗るんだ」とジャックは叫んで、救急車を指さした。

横たわった男は英語を話せたとしても、そのそぶりを見せなかった。かわりに男はしっしと追いはらうようにジャックのほうに腕を振りながら、コンクリートに顔を押しつけつづけた。ジャックは自分の四五口径を使って男にやる気を起こさせようかと思ったが、そうしなかった。狙撃手たちはまだ必殺地帯に向かって撃ってきている。つまりイスラエル人が依然として死にかけているということだ。

ぐずぐずしている場合じゃない。

ジャックは助手席のドアを開けて、救急車に飛び乗り、運転席まで這《は》っていった。ハンドルの前に座ると、スターターに手をのばしたが、キーがイグニッションにささっていない。

ああ、こん畜生。

「キーだ」ジャックはそういって、まだ地面に横たわっているスパイのほうを見た。

男は見上げると、ジャックがまるでスワヒリ語をしゃべっているかのように頭を横に振った。まあいいさ。なじみのない言語の繊細さを理解するのはつねにむずかしいものだし、ほとんどの作業同様、むずかしさは、銃弾が飛びかいはじめると、不可能へと近づいていく。

「車の鍵《クレ・ドゥ・ヴワテュール》」ジャックは英語をフランス語に換えていうと、指で回すしぐさをした。多くのレバノン人は、フランス語の影響を強く受けたレバント・アラビア語と呼ばれる独自の言語を話す。ジャックのアラビア語はまあまあ通用する程度だが、彼はフランス語のほうがずっとうまくしゃべれた。

どうやらスパイもそうらしい。

「サンバイザー《パル＝ソレイユ》」と男はいった。

いまやジャックは、貴重な脳細胞を、生きつづけるためではなく、通訳のために総動員する人間だった。彼の左側の窓が割れて、ガラスが飛び散った。率先した行動の見本としてはじまったものは、見えない狙撃手が救急車に銃撃を浴びせてジャックをダッシュボードの下に逃げこませると、たちまち行き詰まりつつあった。

こいつは計画どおりにいかなくなりつつある。

「パル＝ソレイユ」男はもう一度いって、上を指さした。

ジャックは理解した。頭上のサンバイザーを叩《たた》くと、そのお返しに金属同士がチャリンと鳴って、鍵束《かぎたば》が彼の手に落ちてきた。ジャックは正しいキーをイグニッションにさすと、エンジンを始動させ、エンジンが息を吹き返すと笑顔を浮かべた。

ジャックはギヤをリバースに叩きこむと、アクセルを踏みこんだ。

タイヤがきしんで、救急車が後ろ向きに突進すると、さらなる一斉射撃が運転台を引き裂いた。ジャックは座席でさらに身をかがめると、サイドミラーをのぞきこんで、方向を定めようとした。つぎの瞬間、流れ弾がミラーをこなごなに砕いた。

正確な運転の真似《まね》事をあきらめたジャックは、ハンドルを右に切って、後輪を縁石に乗り上げさせた。それからシフトレバーをパーキングに叩きこんで、助手席側に這っていくと、地面にころがり落ちた。彼が望んだとおり、救急車はいまやコマンドー隊員たちと狙撃手たちのあいだに位置していた。車は依然として馬糞《ばふん》にたかる蝿《はえ》のように銃弾を引き寄せていたが、サイエレト・マトカルの特殊作戦員たちにはいまや、短い凪《なぎ》の時間がおとずれた。

ジャックが利用するつもりの時間が。

ジャックは手をのばしてモサドのスパイの首根っこをつかむと、無理やり立たせた。

「手を貸せ」とジャックはいって、コンクリートの上に手脚を伸ばして横たわる負傷したコマンドー隊員たちのほうを指さした。「さあ」

ひょろりとした外見の男は、いかにも異議を唱えたそうだったが、そのとき銃弾が歩道に跳ね返って、彼の臀部《でんぶ》を突き刺した。命中で血は出なかったが、まちがいなくレバノン人にぜひとも必要だったやる気の後押しをあたえた。ふとディングの名言のひとつが心に浮かんだ――ほかにどうしようもなかったら、ケツを蹴《け》り上げてやれ。もとの十名のチームのうち、四名がコンクリートに横たわって動かなかった。さらに二名が撃たれていたが、歩けるようだ。残りの四名は奇跡的に無傷だった。

　ありがたいことに、そのひとりはドゥドゥだった。

「ドゥドゥ」とジャックは友人に向かって叫んだ。「彼らを車に乗せるのを手伝ってくれ」

「だめだ」ドゥドゥはUZIをぶっ放す合間にいった。「スタジアムにつれていく」

　一瞬でジャックは理解した。隊員の半数が動けないか負傷して、あけっぴろげの場所にいるイスラエル人たちは、いいカモだ。しかし、スタジアムの狭い空間まで後退すれば、すくなくとも狙撃手の長銃があたえる優位は帳消しになる。ブラックホークがおそらく交戦中の脱出のために向かっているのはいうまでもない。すくなくとも、ジャックはそう願っていた。最期の抵抗は、映画では華々しく演じられる傾向があるが、現実にはそうすばらしいものではない。

　アラモ砦《とりで》のデイヴィ・クロケットにちょっと聞いてみるといい。

　ジャックは、スパイをうつぶせになったひとりのイスラエル人のほうへ向かわせると、べつのコマンドー隊員に駆け寄って、消防士の要領で肩に担《かつ》ぎ上げた。それから銃弾が頭をかすめるなかで向き直り、脚を激しく上下させながらスタジアムのほうへ向かう。アコーディオン式の門に駆けこむと、ジャックはイスラエル人を地面に下ろして、自分がひとりであることに気づいた。悪態をついて、銃撃戦の渦中《かちゅう》に引き返すと、スパイがコマンドー隊員を安全な場所へ引きずっていこうと奮闘しているのが見えた。いっぽうドゥドゥと残りのイスラエル人たちは狙撃手と撃ち合っている。

　これはうまく行きそうにない。

　ジャックは負傷者のことを放っておいて、救急車へダッシュした。「来るんだ」とジャックはいって、走りすぎざまにドゥドゥの肩を叩いた。驚いたことに、イスラエル人はしたがった。開いたままの助手席ドアに飛びこんだジャックは、運転席に這っていった。ダッシュボードの下に身をかがめると、ハンドルを狙撃手たちの方に向け、ギヤをドライブに入れて、アクセルを床まで踏みこむ。

「ドゥドゥ」ジャックは救急車がスピードを増すといった。「そのＵＺＩはどれぐらいの腕前だ？」

「きみのその拳銃の腕前よりはましさ」ドゥドゥはいって、使いかけの弾倉を新しいのと交換した。

「拳銃で撃ち合うには少しばかり遠いな」ジャックはそういって、飛んでくる銃弾の斉射でフロントガラスが蜘蛛《くも》の巣状にひび割れると頭を引っこめた。「だからもっと近づこう」

　ドゥドゥは、なにごとか答えをつぶやいたが、運転台の風通しをよくするライフル弾のビシッ、ビシッという音にかき消されてジャックには聞こえなかった。救急車のヘッドライトはまだ消えていたので、ジャックは十一時の方向から来る銃口炎の集まりをやすやすと見分けることができた。

　ジャックはハンドルを左に切って、ボンネットの中心を狙撃手たちに向けると、救急車よもっと速く走ってくれと願った。もっとも、頭のなかの戦術的思考を担当する部分は、距離を間に合うように詰めるのはぜったいむりだと叫んでいたが。ドゥドゥがまるで自分の考えを口にするかのようにうめくと、彼のＵＺＩが床にガチャンと落ちた。

　まずい。

「まだ撃てるか？」とジャックはいった。

「いまのところは」ドゥドゥはそういうと、歯を食いしばって、片手で床から短機関銃をひろい上げた。「だが、なにをやるつもりか知らんが、早くやってくれ」とドゥドゥはいった。

ジャックは答えなかった。かわりにヘッドライトを点灯すると、ハイビームにした。片方のライトしか反応しなかったが、それでじゅうぶんだった。二万燭光《しょっこう》が暗闇を引き裂き、ライフルの向こうで身をかがめる男たちを真正面から捉《とら》えた。

ジャックが思ったとおり、狙撃手たちは暗視装置をライフルに装着していて、先ほどまでの彼らの技術的優勢は突然、弱点となった。光増強式の光学機器を使っていた者たちは、目に手を押しつけながら、長い銃からころがって離れた。熱映像装置を装備していたか、あるいは観測手をつとめていたひとりかふたりも、闇から光への突然の変化にそなえていなかった。このまばゆい一秒間、六名の敵戦闘員はどこから見ても完全に無防備だった。

一秒あればじゅうぶんだ。

シン・ベト局員で元サイェレトのコマンドー隊員が、引き金を一度長く引いて短機関銃の弾倉を空にすると、九ミリ弾が狙撃手たちを引き裂いて、その無防備な体をがくがくと痙攣《けいれん》させた。ジャックは救急車の前輪が縁石に乗り上げるのを感じ、それから彼は敵のどまんなかにいて、ガンマンたちをボーリングピンのようになぎ倒して進んでいた。

バンのタイヤがイスラエル側の死者あるいは負傷者の復讐《ふくしゅう》をするゴツンゴツンとい

う胸の悪くなるような音にジャックは心を鬼にしながら、バンパーが奥のコンクリートの壁にぶつかる寸前にブレーキを踏んだ。ジェリコ拳銃を片手に車から飛び降りたジャックは仕事に取りかかったが、その前にドゥドゥに肩をつかまれた。

「来るんだ」とドゥドゥはいった。「ヘリがこちらへ向かっている。家に帰るんだ」

家に。

その言葉は、ドゥドゥが負傷した肩をかばいながら救急車に乗りこむのを見守るあいだ、ジャックの頭のなかでぐるぐるまわっていた。ジャックにとって家とは、一万キロ近く遠いかなたで、ホワイトハウスの家族居住区画でぶらぶらしながら、ママのアップルパイを食べることだった。家とは仕事が終わったあとで帰る場所だ。

しかし、ジャックの仕事は終わっていない。これっぽっちも。ベッカと彼女の息子はまだベイルート市内のどこかにいる。悪党どもに捕らえられて。もしかするとピーター・ベルツのいうとおりで、ベッカは自分のまいた種を刈り取っているのかもしれない。ジャックは神ではない。彼に人の心はわからない――それにかんしては、男心も女心も。しかし、自分の母親が何者であろうと、なにをしようと、七歳の自閉症の少年が殺し屋どもといっしょにいる筋合いはないということを理解するのに、全知全能である必要はなかった。

家はそれでもジャックが帰るつもりの場所だったが、いますぐにではなかった。

「わたしは行かないよ」とジャックはいって、ドゥドゥを手で追いはらった。

「どういう意味だ？」ドゥドゥがいった。「こいつはひとりでできるようなことじゃないぞ」

「わかっているさ」とジャックはいった。「でも、帰れないんだ。いまはまだね」

大きなシン・ベト局員は救急車に半分乗りこみ、半分体を出した姿で躊躇《ちゅうちょ》し、自分のチームの残りをイスラエルに送りとどけたいという願いと、このおかしなアメリカの友人にたいする責任感のあいだで板挟みになっていた。そのとき、遠くから警察のサイレンの音が聞こえてきて、彼は態度を決めた。

「幸運を祈る《ベハッラハ》、わが友よ」とドゥドゥはいった。「これを持っていけ。こいつはわたしよりきみに必要だ」

ジャックは放られたバッグを反射的につかんだ。しかし、それ以上なにかいう前に、ドゥドゥは運転席のドアを乱暴に閉め、救急車のギヤを入れた。それからエンジンをふかして、くたびれた車は縁石をバックで乗り越え、通りを横切って、引き裂かれた死体の山のなかに立つジャックをその場に置き去りにした。

少しのあいだ状況の過酷さが肩にのしかかってきて、ジャックは救急車の消えていくテールランプを追いかけたくなった。しかし、そうはしなかった。かわりに、彼は拳銃に弾をこめ直し、安全装置をかけると、パンツにつっこんだ。

ジャックは惨状をもう一度見まわしてから通りを走って横切り、丸腰のモサドのスパイを立たせた。それから彼はイスラエル人たちとヒズボラの暗殺者たちの両方に背を向けた。潜入は計画どおりに行かなかったかもしれないが、ジャックは要求したとおりベイルートにいる。

仕事に取りかかるときだ。

37

ジャックは暗闇のなかを、モサドのスパイのあとから音を立てずに進んだ。待ち伏せ地点に急行するサイレンのコーラスから遠ざかりながら、ブラックホーク・ヘリの回転翼のひゅんひゅんという低い音にぼんやりと耳をかたむける。しかし、彼はその作業にあまり精神エネルギーをついやしていなかった。

ドゥドゥとやられたチームの残りのことを気にかけていなかったからではない。それどころかジャックは、乱暴な出会いにもかかわらず、あのがっしりしたコマンドー隊員が好きになっていたし、彼らがイスラエルに生きて戻ってもらいたいと心から願っていた。いや、ジャックがヘリコプターのおぼろげな黒い姿をもとめて夜空を熱心に見まわしていなかった理由は、ずっと現実的なものだった――彼の関心はいまや自分の生存だけに向けられていたからだ。

通りを歩くカップルとすれちがったジャックは、本能的に首を右下に向けて顔を隠したが、頭はフル回転していた。強襲チームはあきらかに裏切られていた。待ち伏せ側は完璧に配置されて待ちかまえていた。ヒズボラのパトロール隊と偶然出くわして撃ち合いになったわけではない。ジャックとイスラエルのコマンドー隊員たちは、はめられたのだ。

〝しかし、攻撃者たちは何者だったのか？〟

もし銃を持った連中がレバノン軍だったら、ジャックは完全に年貢の納めどきだ。レバノン人は、ロシアとほぼ同等の国々と同じレベルとまではいかないが、自国の国境内でスパイを捕まえることにかんしては、やはり国民国家とそれにともなう国力だけのことはある。その場合には、ジャックは作戦上の安全策なしに、敵対的な領土で活動していることになる。いまは自由の身かもしれないが、長くはつづかないだろう。

さらに、べつの選択肢もある。

ヒズボラだ。

この不測の状況は、好ましいとはいえないものの、最初のものほどきびしくはない。ヒズボラはたしかにベイルートの大きな一画を支配していて、占拠する地域の一部では事実上の中央政府として機能している。レバノンの国土における最後のイスラエル＝ヒズボラ戦争から十五年間に、このシーア派民兵組織は、準軍事力を強化して、世界一強力な非・国民国家となった。このテロ集団は、兵士二万五千名の常設軍にくわえて、ユダヤ人の国土に死と破壊を降りそそぐために用意された推定十五万発のロケット弾やミサイルを持っている。

しかし、彼らはベイルート全域を支配しているわけではない。いまのところはともかく、自称聖戦士たちはレバノンの宿主たちとの不安定な停戦協定のもとで暮らしている。もし狙撃手たちがヒズボラだったとしたら、ジャックはたぶんいまもお尋ね者だろうが、レバノンの国内治安部隊総局の全メンバーから指名手配されているわけではない。そのなかには、国家警察やそれ以外の準軍事部隊がふくまれる。

しかし、それはまずありえない。

ジャックは、ドゥドゥと傷ついたコマンドー隊員たちをあとに残して突き進んだとき、みずから退路を断ったも同然だった。実際には、イスラエル人に束縛されず行動することになったのは、不運なように見えて幸運だったのかもしれない。イスラエル側の誰かから情報が漏れている、ジャックはそう確信していた。そして、誰かについて完全に確信することは不可能だが、ジャックは待ち伏せを受ける側にいた者は全員、シロだと思った。

そのなかには、モサドのスパイ、ゲブランもふくまれる。このひょろひょろした体格の男は、あまり頼りになりそうには見えなかったが、撃ち合いのあいだ冷静さをたもっていた。それはジャックにとってじゅうぶんな人物保証だった。ドゥドゥをあとに残したあと、ジャックはゲブランに、手を貸してくれたらその見返りに彼と家族をアメリカ国内でかくまおうと提案していた。救急車の運転手はよろこんで願いを容《い》れた。

　ゲブランが忠誠を誓う相手をたちまち替えたのは自分のたくみな口説き文句の手柄だとジャックは信じたかったが、元モサドのスパイは生きのびることしか頭にないという印象を受けた。それならけっこう。生きのびることは、得てしてすばらしい動機付けになるものだ。

「これからどうする？」ゲブランはジャックが追いつくと、立ち止まっていった。

　ジャックの第一の優先事項は、できるだけ早く待ち伏せの現場から離れることだった。のちにジャックとイスラエル人の侵入を結びつけるであろう地元住民との出会いは、ヒズボラあるいは国家警察との衝突と同じぐらい危険だ。そう考えたジャックは、身を隠せる場所へ案内してくれとゲブランにたのみ、元スパイはすぐに求めに応じていた。

　幹線道路五十一号線と平行に北へ数ブロック進んだあと、ふたりは、地下道をたどって、交通量の多い道路の下を西へ向かった。そこからは、空き地を縁取る多くの木立のひとつにすばやく身を隠すという単純な問題だった。ゲブランは杉の群生を見つけた。からみ合う幹のあいだには広い空間があって、ふたりが見られずに根元にうずくまることができた。

　待ち伏せ攻撃以来はじめて、ジャックは立ち止まってひと息ついた。彼にはただ反応するかわりに、考えはじめる必要があった。ベイルートに残るという判断は正しいとまだ信じていたが、その影響に対処しはじめなければならない。最初にカルメル青空市場で話がおかしくなったのはもう大昔のことのように思えるが、それ以来、ジャックは〈ザ・キャンパス〉を巻きこまないように全力をつくしてきた。ＯＰＳＥＣ、つまり作戦の機密保持上の判断のせいもあるが、ジャックはべつの動機付けとなる要素も関係していると認めざるを得なかった。もう少し内密の要素が。

　自負心だ。

　ディングは、〈ザ・キャンパス〉のもっと上級の工作員ではなくジャックにこの作戦を持ちかけ、ジャックはこれを信頼の一票と、自分の実力をしめす機会と受け止めた。補助輪も監督も抜きで活動できることをしめすチャンスだと。自分が恐れずにひとりで本当に役目を果たせるという。

まあ、いずれにせよ、ひとりで。

しかし、ベッカと彼女のスーパーヒーローを愛する息子を救出するのに、純粋な心とジェリコ拳銃を持つ〈ザ・キャンパス〉の工作員ひとりだけでは足りないだろう。ドゥドゥが正確になにを残していったのかをたしかめるときだ。ジャックはイスラエル人のメッセンジャー・バッグを開けて、なかをのぞきこんだ。自分がなにを期待しているのかわからなかったが、ジェリコ拳銃の弾倉もう一個と携帯電話はちょっと物足りなく思えた。

とはいえ、ものをもらう側にえり好みはできない。

ジャックは弾倉を引き抜くと、コンバット・リロード（まだ残弾がある弾倉を完全装弾の弾倉と交換すること）を行なって、それから半分消費した弾倉を尻ポケットにしまった。携帯電話はもっとがっかりだった。父親が持っている国家安全保障局《NSA》スイートB規格の暗号化機能付きで電磁妨害《EMI》耐性強化の〈ブラックベリー〉のイスラエル版はおそらく問題外だと思っていたが、たんなる〈サムスン〉の模倣品以上のものを期待していたからだ。

機器の電源を入れたジャックは、見おぼえのある英語のアイコンがならぶ通常のホーム画面を目にした。この携帯電話になにか特別なところがあるとしても、それは容易にはわからなかった。ジャックは画面から画面へとスワイプして、電話の用途の手がかりを探した。なにもない。電話の隠された側面が関係あるアプリにカムフラージュされているとしたら、それはそのままだろう。ジャックにはそれを見つける時間も見つける気もなかった。

諜報《ちょうほう》活動の道具としては、携帯電話は役立たずだった。

するとそのとき、まるでジャックの心が読めたかのように、機器が振動した。スワイプしてホーム画面に戻ったジャックは、メッセージ・アプリにいまや未読のテキストが登録されているのを見た。適切なアイコンを親指で押したジャックがその見返りに得たのは、ハイパーリンクだった。彼は、知らないリンク先をクリックしたお馬鹿さんの身にしばしば起きることを警戒して躊躇した。テキストと数字の意味不明な羅列の上を親指がさまよっている。

やがて彼の唇が曲がって、笑みを浮かべた。ジャックは木立に身をひそめさせられ、レバノン人の救急車運転手を唯一《ゆいいつ》の道連れに、ヒズボラと国家警察とそのあいだのあらゆる人間から隠れている。向こうのどこかでは、世界のパワーバランスをゆるがす力を持つアメリカ人科学者が、未知のガンマンたちに誘拐されて捕らえられている。この観点からすれば、未認証のリンクをクリックすることなど、たやすく管理できるリスクだ。

ジャックは人差し指でリンクを押した。つぎの瞬間、携帯電話の画面がおなじみの画像に変化した――ベイルートの俯瞰《ふかん》写真だ。脈打つ青いアイコンが発信器を表わしている。

ドゥドゥがどんな種類のビールを飲んでいるのか知らなかったが、ジャックはこの騒ぎから抜けだしたら、一ケース送ってやるつもりだった。シン・ベト局員のおかげで、障害物一号はたったいま乗り越えられた。ジャックはいまやベッカのリアルタイムの位置を手に入れていた。

障害物二号を切り開いて進むときだ。

ジャックは、クリックして電話アプリに戻ると、記憶をたよりに番号をダイヤルし、呼び出し音を聞きながら、頭のなかで時刻を換算した。ベイルートは東部標準時より七時間早い。正常な人間がたったいま電話に出られないはずはない。あいにく、ジャックが電話をかけている相手は、正常とはいえなかったが。

電話がもう五回鳴って、ジャックが切ボタンを押そうとしたとき、ぼうっとした声が電話口に出た。

「もしもし？」

そして、たちどころにジャックはゲームに復帰した。

38

「やあ、ギャヴィン」とジャックはいって、木立の向こうをのぞきながら携帯電話を耳に押し当てた。「ジャックだ」

「ジャックか！　どうしてる、相棒？　テルアヴィヴはどうだい？」

　ギャヴィン・バイアリーのかん高い声の響きに、ジャックは周囲の状況にもかかわらず、にやりとした。彼の正式な肩書きは、〈ヘンドリー・アソシエイツ〉のＩＴ部長だったが、ギャヴィンは〈ザ・キャンパス〉のハッカーも兼任していた。このぽっちゃりとして、永遠の独身のキーボード・ニンジャは、実戦向きの性質をかけらも持っていなかったが、ジャックはすでに自分の勝算が高まりつつあるのを感じた。ギャヴィンのプログラミングの腕前は恐るべきものだった。

「それが問題なんだ」とジャックはいって、谷間の外側を嗅《か》ぎまわる一匹の痩《や》せこけた猫を見つめた。「わたしはもうテルアヴィヴにいないのさ。ベイルートにいる」

「ちょっと待ってくれ、おい！」ギャヴィンの驚きの声があまりにも大きかったので、ジャックは耳から携帯電話機を離した。「こいつは明々白々なキャンプだぞ。初心者どもがこのステージを耐えがたいものにしかけているな」

「ギャヴィン」とジャックはいった。「わたしのいったことが聞こえたか？」

「なに？　ああ、すまない。うちのクルーとわたしはいくつか最終説明を受けているところでね。〈コール オブ デューティ〉のトーナメントが五日後にあって、われわれはまさにゲーム前の孤独な状態なんだ。わたしが電話に出ただけでもきみは運がよかったよ。テルアヴィヴはどうだい？」

「ギャヴィン」ジャックは声に少し厳しさを増した。「テレビゲームのコントローラーを置くんだ。さあ。わたしはいまベイルートにいるんだ。レバノンのね。きみの助けが必要だ」

「レバノンだと？　驚いたな、ジャック。なぜそういわなかった？」

ジャックは少し頭に血が上ったが、怒りをはらいのけた。ギャヴィンはまさに見たままの男だった——うっかり博士の社交術をそなえた、一世代にひとりのサイバー戦士だ。ジャックが〈ザ・キャンパス〉で働きはじめた早い段階で学んだように、ギャヴィンにいらいらするのは労力の無駄だ。ギャヴィンは何度か現場で活動したこともあるが、本当の意味での工作員ではない。そのため彼には、モサドのスパイをお供にして靴に死者の血がついたまま木立で身を寄せ合うのがどんなものか、けっしてわからないだろう。

　しかし、それはかまわない。現時点でジャックはもうひとりの銃を振りまわす人間を必要としていなかったからだ。彼に必要なのは、一万キロ先から１と０を思いどおりにあやつれる電子工学の天才だ。彼にはギャヴィンが必要だった。

　そして、彼はまさにギャヴィンを手に入れた。

「ベイルートだな、わかった、ジャック。この電話はきれいなのか？」

「いや」とジャックはいった。

「わかった、心配するな。わたしが最近いじくりまわしているやつでパッチを当てさせてくれ。きみの携帯電話の識別番号を隠すと同時に、エンド・ツー・エンドの暗号化が可能になるアルゴリズムだ。簡単にいってしまえば、応急の秘密通信《COVCOMS》のわたしなりの解決策さ。つまり、ＮＳＡスイートＢ規格の暗号化とまではいかないが、もし誰かがきみの電波信号の出どころをつきとめようとするか、あるいはわれわれの会話を聞こうとしたら、そいつらの仕事はどえらく面倒になるということだ」

　ギャヴィンがいっていることはほんの少ししかわからなかったが、ジャックはそれでも感謝の声を漏らした。その必要はなかった。ギャヴィンはなにごとかつぶやいていて、それは彼がすでに完全に集中している印だったからだ。このハッカーがなんだか知らないがやっていることを終えるまでは、ジャックがなにをいっても、それが彼の装甲でおおわれた集中力を貫通することはない。現時点で、ジャックはただの傍観者だった。

　電子的な発信音がジャックの耳のなかで響き、きいきいというかん高い音がつづいた。それから、通話を悩ましていた音のひずみが突然、消えた。

「よくなった」とギャヴィンはいった。その声は海の向こう側ではなくジャックのとなりに立っているように聞こえた。「あのごたごたを片づけたから、遠慮なく話せる」

「ごたごた？」とジャックはいった。

「ああ。ヒズボラの馬鹿どもが盗み聞きをしようとしていたのさ。やつらは携帯電話の地理位置情報をつきとめるのにかなり近づいていたが、わたしがたったいまあてどもない捜索に乗りださせておいた。運がよければ、やつらはこれから数日間、バグダッドで自分の尻尾《しっぽ》を追いかけてすごすだろう。それから、埋めこまれたイスラエルのファームウェアには取り組ませないでくれよ。さいわい、サンドボックス環境内でOSを調べて、マルウェアを遮断することができたからな。それで、なんの用だね？」

ジャックは口ごもり、ギャヴィンがたったいま唐突につたえた情報を検討した。ヒズボラはあと少しでイスラエル支給の作戦用携帯電話のセキュリティをやぶるところだった。ジャックは、イランの支援を受けた代理人集団のすぐれた技術力が第二次レバノン戦争以降、長足の進歩をとげていることを知っていたが、イスラエルは世界屈指の電波信号傍受による情報収集活動《SIGINT》とサイバー能力を有している。ジャックがほんの二分前に携帯電話を起動したことはいうまでもない。相手方がセキュリティの強化された機器をこれほどすばやくやぶれる方法はひとつしかない。裏切りだ。

「ジャック？　もしもし聞こえるか？」

「すまない、相棒」とジャックはいった。「ちょっとぼうっとしていた。わたしはトラブルに首までつかっているんだ」

「いつものことじゃないか、だろう？」

ギャヴィンは冗談のつもりでいったのだが、完全に失敗だった。これはいつものことではぜんぜんなかった。惜しくもなかった。

「じつをいうとね、相棒」ジャックはそういって、木立の向こう側の狭い通りがよく見えるように場所を変えた。「〈ザ・キャンパス〉はこの作戦のことを知らないんだ。すくなくともまだ」

「おや」とギャヴィンはいって、新しい情報を呑《の》みこむのに少し時間を取った。「ということは、べつの機関のために動いてるのか？」

　ジャックは友人に望む答えをあたえようかと思ったが、そうしなかった。ジャックは自分がこれまでにも境界線を越えたことがあるのを知っていたが、これは彼の基準からいっても、手に負えない状況《クラスター》だった。ギャヴィンは自分がなにに首を突っこもうとしているのかを正確に理解する必要があった。

「いや」とジャックはいった。「いまは単独で行動しているんだ。それは、きみがあたえてくれる援助はすべて記録に残らないということでもある。わかるね？」

「友だちが援助をもとめていることはわかるさ。それだけでじゅうぶんだ。堂々めぐりの議論はやめて、話してくれよ。すぐに演習に戻らないと、たいへんなことになるんだから。このトーナメントには賞金がかかっているんだよ、ジャック」

　ジャックは笑った。工作員であろうとなかろうと、彼はこのじゃが芋体型のキーボード戦士をどんなときでもつれていくだろう。仕事仲間というのはすばらしいものだが、ギャヴィンはそれよりずっと大きな存在だった。このハッカーは、質問ひとつせずに、進んで泥のなかに足を踏み入れる。彼は友だちだ。

「いいだろう」とジャックはいって、つぎに来るものを吟味した。「わたしに必要なものはこうだ。第一に、わたしはこの携帯電話で何本か電話をかけるつもりだ。それを安全で追跡できないようにしてもらいたい。わかるね？」

「おいおい、ジャック。さっきいっただろう——その携帯電話機はいまやエンド・ツー・エンドの暗号化機能を持っているって。もっとむずかしいやつをくれよ」

「わかったよ」ジャックはにやりとしていった。「わたしはある種のＧＰＳアプリにログインしている。きみにもそれにアクセスしてもらう必要がある。万一、この携帯電話をなくして、きみにリンクを再送してもらわなければならなくなる場合にそなえてね」

「とっくにやってるさ。きみがトラブルに巻きこまれているといった瞬間に、きみの携帯電話のデータを丸ごとコピーした。つまり、わたしはきみが見ているのと同じＧＰＳデータを見ているということだ」

「すばらしい」とジャックはいった。「この最後のひとつは、ちょっとすごいぞ」

「たのむから、ジャック、さっさといってくれ。うちのチームメイト連中はもうわたしを控えと交代させる話をしているんだ。信じてくれ、もしあの阿《あ》呆《ほう》のジョン・ディクスンがわたしと交代したら、連中は第一トーナメントさえ勝ち抜けないぞ」

「わかったよ、わかった」とジャックはいった。「わたしに必要なのはこういうことなんだ」

　ジャックは自分が使えるもっとも技術的な用語で、やってもらいたいことを説明した。それはつまり、彼が主としてヴィンス・フリン・シリーズの小説で読んだことを参考にしたということだ。それでもギャヴィンはジャックの必要なものをすぐに理解し、たぶんそれ以上に重要なことに、要求の正気さかげんをけっして問題にしなかった。

　ジャックは友人の支援を心強いと同時に恐ろしく感じた。心強いのは、いまやモサドの元スパイ以外の誰かが彼の味方についているからだ。恐ろしいのは、いつもならこういうときはディングが少しばかり作戦上の正気さを注入していただろうからだ。

　とはいえ、こういうときには少々のむちゃこそ、もしかするとまさに必要なものかもしれない。

「わかったよ、ジャック」とギャヴィンはいった。「ついて行っていると思う。じつは、このところわたしは、きみがまさに必要としていることを実現できるかもしれないやつをあれこれいじりまわしていてね。わたしはそれを〈サウロンの眼〉と呼んでいる」

「なんの眼だって？」

「知ってるだろう、『指輪物語』に出てくる?」

「いや」とジャックはいった。「知らない」

「本気でいってるのか? おいおい、本が映画化されたじゃないか」

「脱線するなよ、ギャヴィン」

「わかった、わかった。一時間くれたら、〈サウロンの眼〉をきみの携帯電話で使えるようにするよ。たぶん三十分でできるが、きみはいつもひかえ目にとわたしにいうからね。それでどうだい?」

「完璧だ」とジャックはいった。「まさに完璧だ」

「よかった。ああ、それからジャック、もうひとつ――『ここは断じて通さん』」

「えっ?」

「おい、たのむよ、ジャック。本気でいってるのか?」

「ギャヴィン!」

「わかった、わかったよ。三十分だ。じゃ」

通話が切れた。

39

「もしもし」

ジャックは答える前にひと呼吸置いた。これからいうことは、何度か練習していたが、これからやることにくらべたら、イスラエルのコマンドー隊員たちを待ち伏せの必殺地帯から引っぱりだすほうが気が楽に思えた。これこそが、ジョン・テレンス・クラークが人々におよぼす効果だった。

「やあ、ミスター・C。ジャックです」

「ジャック？　いったいどこからかけているんだ？　見たことのない番号だが」

「ベイルートです」

べつの状況なら、ジャックは電話の向こうの長い沈黙を接続の状態が悪いせいにできたかもしれない。しかし、これはそうではなかった。いつもどおり、ギャヴィンのデジタル魔法の新作は、ヴァージニア州アレクサンドリアまでずっと、澄みきったやりとりをつたえていた。そうではなく、気詰まりな沈黙にはもっと不吉な原因があった。

ジョン・クラークは激怒していたのだ。

「ベイルートといったな？」クラークはたずねた。

「はい、そうです」ジャックはいった。心拍数がどんどん上昇している。

ジョン・T・クラークを伝説と呼ぶのは、スーパーマンは強いというのにちょっと似ている。言葉だけではその人物を正確にいい表わしていない。〈ザ・キャンパス〉におけるクラークの現在の肩書きは、素っ気ない響きの工作部長だが、彼の履歴書には、解読するのがきわめてむずかしい名称がずらりとならんでいる。〈レインボー・シックス〉の初代指揮官、ＣＩＡの準軍事局員、ヴェトナム戦争時代の海軍ＳＥＡＬ隊員、特殊作戦群《SOG》従軍体験者、そしてアメリカ合衆国大統領の個人的な友人。大統領はたまたまジャックの父でもある。

それにくわえて、この電話をかけさせた肩書きがある。ジャックのボスという肩書きが。

「この回線は安全なのか？」とクラークはいった。

「ギャヴィンが可能なかぎり安全にしてくれました。新しい暗号化システムをわたしの携帯電話に読みこませてくれたんです。あなたの電話は、あなたが出た瞬間、臨時のネットワークに接続されます」

「すばらしい」クラークは、声のいらだちを隠そうともせずにいった。「ということは、わたしは困難に立ち向かう覚悟をしたほうがいいということだな。ベイルートでいったいなにをやっているんだ、ジュニア？」

「話すと少々長くなるんですが」ジャックは点滅する青いアイコンを見ながらいった。それはまだ動いていない。いまのところは。「情報資産検証作業でディングのためにピンチヒッターに立っていたんですが――」

「その部分はおぼえている」とクラークはいった。「だが、わたしの記憶では、作業はテルアヴィヴで実施される予定だったが。わたしが最後に確認したときには、その都市はまったくべつの国にあったぞ」

「まったくそのとおりです、ミスター・C。いったように、長い話で。要約すれば、アメリカ市民と彼女の息子が誘拐されて、わたしが取り返そうとしているということになりますが」

「誘拐だと？　誰にだ？　ヒズボラか？」

「そこが厄介なところなんです。やつらが何者かわからないんです。ＣＩＡチームのリーダーは複数の情報機関が彼女をターゲットにしていると考えていました。中国は彼女を二度、殺そうとしたので、連中でないのはまちがいないと思います。しかし、それ以外のほぼ誰でもありえるんです」

「まいったな、ジュニア。その女性は何者だ？」

ボスの反応を予想してスピーカーの音量を下げていたが、クラークの声は依然としてジャックが望むより遠くまでとどいた。さいわい、彼は冷静沈着に、ゲブランを見張りとして通りの向こう側に配置していた。これは警戒のためであると同時に、元モサドのスパイに通話を聞かれないようにするためだった。いまのところ、会話のなかには、震え上がった救急車運転手に自信を呼び起こすようなものはなにひとつなかった。

「名前はドクター・ベッカ・シュウェイガートです、ミスター・C。壜《びん》入りのステルスを発見したかもしれない物理学者なんです。いったとおり、込み入った話で」

「堆肥《たいひ》の山のなかで糞《くそ》をシャベルですくっているような気分だよ。掘れば掘るほど、臭いがひどくなる。すくなくとも、イスラエル人ではなくきみがこの女性を追跡しようとしている理由は教えてくれないか？」

「イスラエル人もかかわっています。いや、すくなくとも、かかわっていました。わたしといっしょに潜入したサイェレト・マトカルのチームは、着陸地帯で待ち伏せ攻撃を受けたあと、脱出しました。わたしだけあとに残ったんです」

「なんてことだ、ジャック。きみはヒズボラが支配する地域で、誘拐チームをひとりきりで追いかけているといっているのか？」

「正確にはひとりきりではありません。モサドのスパイに手伝わせています。もっともいまはわたしのスパイということになりますが。とにかく、その科学者は発信器をつけられているので、見つけるのは問題ありません。手伝っていただきたいのは、〝ドアを蹴り開けて彼女を捕らえている連中の顔に鉛弾をぶち込む〟部分全体です」

「それだけでいいのかね？　だったら、なぜそういわなかった？　〈ザ・キャンパス〉の者を何人か送りこめると思うよ、ほんの十六時間ほどでな！」

「じつをいうと、すでに特殊任務部隊が飛び立っていると思います。しかし、彼らが到着するのは、最短でもまだ十二時間先です。ただ、情報資産検証作業を実施していたＣＩＡチームは全員が元殺し屋です。ＣＩＡに転籍した特殊作戦部隊員だ。わたしはチーム・リーダーと話しましたが、彼の部下たちはいつでも行ける状態にあります。ただイスラエル側から輸送手段を提供してもらう必要がある。もしかしたら、あなたがこれをメアリ・パットにまかせて、わたしのためにイスラエル側に圧力をかけるよう彼女にたのんでもらえるんじゃないかと思ったんです。イスラエルの国防相にはもう会っていますので、きっとわたしのことはおぼえていると思います」

　また沈黙が長くつづいたが、ジャックはもう先ほど自分がねじ伏せようとした不安を感じていなかった。それどころか、奇妙に心おだやかだった。自分は先走りをしすぎただろうか？　もしかすると、少しだけ。いや、ずいぶんだ。しかし、いままでの出来事を再生してみると、自分のやったことはすべて、作戦上、理にかなっていた。クラークは、アメリカ軍を各国の軍隊と分けるものは行動への偏《かたよ》りだと、よくいっている。いいかえれば、コンパスの方位角を読みとって、動きだすことだ。

　すくなくとも、ジャックは徹底的に率先して行動してきた。

「まあ、いいさ」とクラークはいった。「わたしのいちばん下級の工作員は、すっかり大人になったのか、完全にどうかしてしまったにちがいない。われわれふたりのためにも、前者であることを願っているよ。メアリ・パットには電話を入れておくが、きみには監視をつづけることだけを許可する。以上だ。〝ドアを蹴り開ける〟なんてとんでもないぞ。わかったな？」

「完璧に、ミスター・C」とジャックはいった。

「ならけっこう」とクラークはいった。「万一にそなえて、頭を低くしておくんだぞ。

また直接連絡する。では」

クラークは連絡を終えた。

ジャックが自分の指導役たちから学んだ多くのことのひとつは、一連の命令のなかで自分が聞きたいことを聞く方法だった。たとえば、クラークは、自分の同意なしにジャックが隠れ家のドアをぶち破ることを望んでいないと、疑いの余地なくはっきりさせていた。

しかし、彼は、ドアがたまたま自分から勝手に開いた場合、どうすればいいかについては、ひと言もいっていなかった。

40

ジャックは脈打つ青いアイコンを見つめた。リズミカルな点滅は彼をあざ笑い、その源を調査してみろとジャックをけしかけているようだ。それこそまさに彼がやりたいことだった。行動への志向がそもそも彼を〈ザ・キャンパス〉の作戦側に駆り立てたもののひとつだった。数字を分析するのはおおいにけっこうだが、数字の行列だけでは彼の食欲を満足させられなかった。彼にはかぶりつけるなにかが必要だった。

手招きするアイコンのような。

ジャックはあくびをこらえると、濃いコーヒーをもうひと口飲んだ。

杉林のなかで暗い時間をすごすのは、心地よい夜の眠りの助けになるとはいえなかったが、ジャックはそうえり好みをしていられなかった。点滅する発信器がどこへみちびいてくれるのか知りたくてたまらなかったが、太陽が昇って、通りに歩行者があふれるまで待つことに決めていた。彼の考えでは、早朝の通勤者の群れが提供する匿《とく》名性《めい》は、彼の目的により適していた。

人々が歩道と商店に姿を見せはじめると、ジャックは安全な木立を離れて、現在の位置に移動していた——発信器がある高いビルと通りをはさんで向き合うカフェに。ビルのほこりでおおわれたドアを開けて、なかをのぞきこみたいと心から思ったが、そうしなかった。たぶん大人になるとみんなこんな風に感じるのだろう。

そうだとしても、ジャックは感心しなかった。

しかし、アイコンのセイレーンの歌声が呼びかけても、ジャックはじっと動かなかった。彼の敵たちは作戦全体で終始、彼の一歩先を行っている。彼は、ドゥドゥをイスラエルに送り返すときに、ジャックが帰投するコマンドー隊員たちといっしょにブラックホーク・ヘリに乗りこんでいると無線でつたえるよう指示をあたえていた。もし情報漏洩《ろうえい》源が本当にシン・ベト内部だったら、時間稼ぎになることを願ったのだ。しかし、作戦の秘密がどこかほかから漏れたのだとしたら、ジャックは山ほど困ったことになる。

本当のところ、ジャックは、二重スパイ《もぐら》がいようといまいと、ことを安全に運ぶつもりはなかった。ミスター・Ｃに約束した内容の精神にのっとって、ジャックは独りぼっちの救出劇をこころみるつもりはなかった。しかし、もし発信器が移動しはじめたら、考えなおさねばならないだろう。ジャックは発信装置のバッテリーが永遠にもつと思うほど馬鹿ではなかった。彼の計算では、イスラエルのドローンは数時間ずっとビーコンに応答指令信号を送っていた。ある時点で、彼は、発信器の寿命をのばすのとひきかえに、より少ない頻度の発信をたよりにする危険を冒さねばならなくなるだろう。

それにまた、第二のもっと深刻な不測の状況がある。もしベッカとトミーを捕らえている連中がふたりを移動させることにしたらどうする？　ジャックは言葉のいかなる意味においても、積極的な監視を実施する装備をもっていなかった。たとえ車が利用できたとしてもだ。それに、誘拐犯がベッカをどこかジャックの作戦上の手がとどかないところへ移動させないという保証はない。いや、もし発信器が点滅をやめるか移動しはじめたら、ジャックはなんらかのきびしい決断を下さねばならないだろう。

だからこそ、ジャックは、クラークにいったことに反して、騎兵隊をただ待っているつもりはなかった。どんな計画にも不測事態対応計画が必要だし、計画を立案するために、ジャックは情報を必要としていた。ベッカとトミーを誘拐したのは何者か、誘拐犯は何人いるのか、ふたりはビルの正確にどこに捕らわれているのか、そしてビルの配置図はどうなっているのか？

これらの疑問はすべて、射撃手のチームが救出をこころみる前に答えが出ていなければならない。そのチームがピーターとその部下で編成されていようが、すでにアメリカから向かっている特殊任務部隊であろうが。特殊作戦部隊員にはすぐに役立つ情報が必要で、ジャックはそれを入手するつもりだった。

「もっとコーヒーはいかが？」

「いやけっこう《ノン》」ジャックは微笑《ほほえ》みながらいった。

美人のウェイトレスはフランス語でたずねてきたので、ジャックは同じ言葉で答えていた。ジャックは目が青いので地元住民では通りそうになかったため、ベイルートの第二の非公用語を使っていた。外国人であることには依然として等級があり、そしてかつて中東のパリと呼ばれたこの街では、フランス人と取られるより好ましくないことがある。

たとえばアメリカ人のような。

「お友だちはいかがですか？」とウェイトレスはいって、ジャックの肩ごしに手を振った。

ジャックはふりかえって、ゲブランが通りを彼らのほうへ渡ってくるのを見た。元モサドのスパイの顔をひと目見ただけで、ジャックには知りたいことがすべてわかった。

「どうもありがとう《メルシ・ボークー》」ジャックはそういって微笑んだ。

ウェイトレスも笑顔でうなずいて、それから店内へ向かうと、ちょうどそのときゲブランが向かい側の椅子《いす》にどっかりと腰を下ろした。

「どんな具合だった？」ジャックは、男がシャツのポケットに入れた煙草《たばこ》とライターを手探りするとたずねた。

　スパイは外見上は待ち伏せのトラウマから回復していたが、ジャックはあの規模の戦闘が依然として有形無形の傷を残していることを知っていた。そのことが頭にあるので、ジャックはたちまち広がる煙の雲に文句をいわずに耐えた。もっともジャックのトルコ・コーヒーの味はいまやかなり魅力を失っていたが。それに、ジャックの考えでは、男の神経質な癖は、彼の誠実さのあかしだった。あのスタジアムのおぞましい光景に動揺しない人間はもう一度見なおしてみる必要があるし、目下のところ、ジャックには手にあまるほどの容疑者がいた。

「順調です」男は煙草をふかす合間にいった。「順調に行きました」

　ジャックはその発言に少し触れずにおいて、それから黙殺した。「わたしがイスラエル人ではないのは知っているね？」

男は一瞬、ジャックを見つめてから、狭い肩をすくめた。「だから？」

「だから、われらがユダヤの友人たちほど遠慮会釈《えしゃく》がないわけじゃないが、それでも、もう少し情報が必要になりそうなんだ。この作戦が計画どおりに行っていないのはわかっているが、わたしが前にいったことは本気だ。もし手を貸してくれたら、きみはわたしの国が敵よりずっといい味方になるとわかるだろう。いいね？」

ゲブランの指が震え、彼はまた煙草を深々と吸ったが、それでもうなずいた。ジャックがこれまでスパイ候補者から受け取ったいちばんの心からの同意とはいかなかったが、これで間に合わせるしかないだろう。

「けっこう」とジャックはいった。「で、なにがわかった？」

きれいなウェイトレスは、この機会を選んでまた姿を現わし、ゲブランの前にコーヒーのカップを置いた。ジャックは彼女の意図したターゲットではなかったが、それでも彼は彼女の笑顔の温かさを感じた。ゲブランへの効果は覿面《てきめん》だった。スパイは震えるのをやめ、彼の唇はお返しのにこやかな笑みを浮かべた。濃いコーヒーと約束された富は、それはそれでいいものだが、結局のところ、美しい女性の笑顔ほど男の心を温めるものはない。

ウェイトレスはゲブランにアラビア語でひと言ふた言、話しかけ、ゲブランも同じ言語で答えた。最後に値踏みするような視線を送ると、女は店内にゆっくりと戻っていき、ゲブランはジャックの肩ごしに飢えた目つきで彼女の動きを追った。救急車の運転手はもういい。モサドの金の使い道としては、きれいなバリスタのほうがずっと有効だろう。

　ジャックはコーヒーをひと口飲んで、女の魔法が薄れるのを待ってから、ふたたび自分のスパイをうながした。

「ゲブラン、なにがわかった?」とジャックはいった。

　男は、まるで向かいにアメリカ人が座っているのを見て驚いたかのように、びっくりした顔でジャックを見た。しかし、やがてウェイトレスの魅惑的な香水の匂いが薄れると、彼の脳味噌《のうみそ》は作動状態に戻ったようだ。

「あのビルはヒズボラの支配下にはありません」とゲブランはいった。その答えは、冷静で実務的な口調で述べられた。「すくなくとも、そのようには見えません。わたしはビルの管理人とアパートを借りる話をしましたが、彼は空き部屋を案内して、その場で賃貸契約を結ばせたがりました。ヒズボラが支配する物件は、もうちょっとテナントにうるさい傾向があります。あの組織は通常、建物全体を賃貸に出します。めずらしく空き部屋が出た場合には、賃借人の候補者にたいする厳しい審査の過程があります」

「じゃあ、ベッカの誘拐犯たちはヒズボラではない？」

ゲブランは肩をすくめた。「そうはいっていません。わたしにいえるのはこういうことだけです。もし連中がそちらの被害者たちを捕らえているのなら、なぜ自分たちの支配下にある建物に隠さないのでしょう？」

ジャックは椅子の背にもたれて、ゲブランの発言を検討した。たしかに、なぜ？ ふたつの答えが容易にみちびきだされたが、ジャックはあまり気に入らなかった。ヒズボラ以外の何者かが誘拐をやってのけたのか、それとも点滅する発信器が罠《わな》なのかだ。

あるいは、その両方か。

〈オッカムの剃刀《かみそり》〉が全世界の軍事戦略家から引き合いに出されるのには理由がある。ほとんどの場合、もっとも単純な説明が実際に正しいからだ。しかし、そう考えることと、そうだとわかることとは、同じではない。それでも、点滅するアイコンは、ジャックが持つ唯一のベッカとトミーとの絆《きずな》だった。罠であろうとなかろうと、それを無視する余裕はない。しかし、それは、彼が蜘蛛《くも》の巣に気づかずに踏みこまねばならないということでもない。好むと好まざるとにかかわらず、この鎖のつぎの輪は通りの向こうのビル内にあるのだ。

それはつまり、ジャックには中に入る手段が必要だということだ。

これがはじめてではないが、ジャックはベッカの誘拐犯たちがなぜ彼女をベイルートに移したのだろうと思った。もし彼女を捕らえている連中が中国のＭＳＳ局員だとしたら、彼女をレバノンに移すのは、まったく意味がない。もしヒズボラなら、なぜ五キロ南にある自分たちの支配地の中心部へ移動させないのだ？　もっとも単純な説明は、ほかの誰かが、ジャックがまだ特定していない誰かが、あの科学者を誘拐したということだ。

だが、何者が？

そして、どういう理由で？

どこにも所属していない関係者か？　オークションでいちばん高い値をつけた入札者に物理学者を売りたがっている誰かか？

この新しい線の可能性は、ずっとありそうに思えた。もしベッカが本当に墜入りのステルスを発見したとしたら、数多くの悪い連中が彼女の専門知識によろこんで金を出すだろう。しかし、イスラエル国内で誘拐任務を実行する資源と知識を持っているのは誰だろう？

さらに、ジャックが本当はたずねたくない質問がある。ベッカはこのどこかに加担しているのだろうか？　ジャックは彼女が自分の誘拐をお膳《ぜん》立てしたとは一瞬たりとも思わなかったが、もしかするとあの科学者は自分で認めるほど諜報活動の道に未経験ではないのかもしれない。ピーター・ベルツはベッカのことを日和見《ひよりみ》主義者と見なした。ライフルのかわりにコンピューターをあつかう傭兵《ようへい》だと。

ひょっとしたらだが、ジャックはそうは思わなかった。彼は、アジア人暗殺者が彼女を殺そうとしたとき、彼女の目に浮かんだ混乱と恐怖を見ていた。ベッカはテルアヴィヴでなにが自分を待ち受けているのかまったく知らなかったという意見に、ジャックは自分の命を賭《か》けるつもりだった。彼女は自分の幼い息子を愛しているし、ジャックは彼女が進んでトミーの命を危険にさらすとは想像できなかった。

とにかく、発信器によれば、ベッカは通りの向こうにいる。しかし、たとえそれが本当だとしても、彼女はあそこに長くはいないだろう。イラクで高価値目標をひそかに追跡してすごした年月のおかげで、アメリカは人狩りの技術と戦術を発展させていた。それはしばしば、事実ではなくＳＦのように感じられる。ヒズボラの支配する地区からほんの数分のベイルート市内に身を隠していても、ベッカはアメリカの作戦の範囲内にじゅうぶん入っている。

それはつまり、彼女を捕らえている連中には彼女を移動させる必要があるということだ。

近いうちに。

まるでジャックの考えに呼び寄せられたように、スモークガラス付きのＳＵＶ車が一台、通りの向こう側に停まった。高級車のドアがたっぷり油を差した蝶番《ちょうつがい》で開くと、男が四人、降りてきた。

銃を持った男たちが。

41

ミスター・Cはそう考えているかもしれないが、ジャックは自分が正しいといつも思っているわけではない。それどころか、自分がまちがっていたとわかってうれしい場合もある。たとえば、悪党どもが予定より簡単にやられた場合だ。あるいは、母さんがホワイトハウスの家族居住区画で黒焦《くろこ》げにしているように思えたレシピが、実際にはじつにおいしかった場合さえも。ときには、ジャックは自分がまちがっているとわかって積極的におおよろこびした。

これはそうした場合のひとつだったかもしれない。

男たちのうち三人は車をかこむ位置につき、ＡＫ－47を実戦向きの背負い紐《タクティカル・スリング》で保持して、厳しい目であらゆるものを精査した。ジャックは車の運転席側をガードする男にいちばん近く、射撃手の視線が自分の上を横切って一瞬留まってから、仲間の食事客のほうへ移っていくのを感じた。

ゲブランは煙の後光につつまれていた。ジャックは、まとわりつく酸性の雲で鼻の奥がむずむずしたものの、救急車運転手の悪習を一時的にありがたく思った。煙は注意を引く。暗殺者がなんとしても避けようとすることだ。したがって、ボディガード・ナンバー1は、ジャックの存在に気づいたが、より明白でない脅威をもとめて、彼と彼の道連れの愛煙家を忘れてしまった。

　ジャックはほっとすると同時に不安になった。ガンマンのレーダーをうまくかいくぐったことにほっとしたが、ボディガードがジャックに気づいてそれから即座に忘れてしまうほどよく訓練されていることに不安をおぼえたのだ。この連中は、要人警護の一日コースを受講したそこいらの聖戦士ではない。連中はプロフェッショナルであり、それはふたつのうちのひとつを意味している。ヒズボラの特殊作戦部門であるラドワン部隊に所属する連中か、それともそれ以外のなにかだ。

　もっと危険ななにか。

「一本もらっていいかい？」ジャックはゲブランの煙草を指さしていった。

　スパイはうなずき、ジャックは箱をつかんで煙草を一本振りだすと、ゲブランのライターで火をつけた。煙が口から鼻孔まで焼けつく炎の道をつけ、ジャックは精いっぱいむせないようにしながら、車の後部ドアに注意を集中した。煙草をふかしながら、携帯電話を取ると、カメラがＳＵＶ車をさえぎられずに捉えられるように機器をまわした。

それから彼は〈サウロンの眼〉を起動した。

男たちが警護しようとしているのが誰かわかれば、ジャックがベッカとトミーを捕らえているのは何者かを理解するのに大いに役立つかもしれない。たとえそれが最高値の入札者に科学者を差しだす未知の一味だとしても、餌《えさ》のまわりをぐるぐるまわる鮫《さめ》を特定するのは重要だ。ジャックが秘密の写真を一、二枚撮影できれば、ギャヴィンが〈ザ・キャンパス〉のすばらしいデータベースを使って、顔認識のちょっとした手品をやってのけられる。

それにくわえて、〈ザ・キャンパス〉のハッカーがジャックの携帯電話に魔法のように仕掛けた、ささやかなお楽しみもあった。この即興で思いついたプログラムをまだためしに使ってみるすべがなかったので、ジャックはアプリを起動して、うまく行くよう願った。これがはじめてではなかったが、ジャックはギャヴィンがやることと魔法の類似点を思った。ただし、魔術では、すくなくともかなりの大仰な儀式が呪文につきものだ。

ギャヴィンの魔法を使うときには、ジャックはボタンを押して、うまく行くよう願うだけでいい。

後部席の同乗者が出てきて、ジャックはスナップ写真を撮るかわりに悪態をついた。男を特定するのに〈ザ・キャンパス〉の分析員は必要なかった。その人物は誰あろう、ファルハド・アフマディ将軍だった——コッズ部隊遠征隊の司令官で、全世界の暴力テロの扇動者だ。

９・11同時多発テロ事件以前には、イランは、コッズ部隊の工作員とヒズボラの代理人をつうじて、スンニー派のどんなテロ組織よりも多くのアメリカ人の死に関与していた。ニューヨークの悲劇的なテロ事件のあと、そのバランスはスンニー一派のほうにはっきりとかたむいた。しかし、イラク侵攻以来、アフマディは超過勤務して、自分のチームのためにスコアを積み重ねた。多数のアメリカ人に重傷を負わせ、あるいは殺害した、すさまじく効果的なＥＦＰ、つまり爆発成形弾は、完全にイランの発明だった。そして、もしそれがシーア派反政府武装勢力にたいするアフマディの唯一の貢献だったとしても、この爆弾はじゅうぶん邪悪といえただろう。

しかし、まったくそうではなかった。

イランのコッズ部隊の工作員は、全世界からイラクに何千という外国人戦闘員を送りこむために使われる一連の地下ルートを誕生させた。アメリカとイランの工作員が実際に銃火を交えたのも一度や二度ではない。それどころか、最悪のアメリカ兵殺戮《さつりく》事件のひとつは、二〇〇七年、アメリカ軍治安部隊のふりをしたイランのコッズ部隊工作員のせいで起きている。イラクにおけるイランの影響力は、じつに有害で蔓延《まんえん》していたので、誰あろうイラク駐留有志連合軍総司令官デイヴィッド・ペトレイアス将軍がかつて、アメリカは中東のまちがった国と戦争をしているといったほどだ。

　しかも、アフマディはイラクでアメリカ人を殺すだけでは飽き足りなかった。いや、イランは、将軍の有能な指導のもと、中東から南アメリカにいたる国々を股にかけて、狙《ねら》いすました殺害を世界中に拡大したのである。とりわけ厚かましいある作戦では、イランの工作員はアメリカ国内でサウジアラビア大使を暗殺しようとさえしたが、さいわい作戦は失敗に終わった。要するに、レンジローヴァーから降りてきた男は、ウサマ・ビン・ラーディンのイラン版だった。ただし、アフマディは民族国家の暗黙の支援で活動していたが。

　そして、ジャックは十五メートルも離れていないところに位置していた。

　クラークはジャックが衝動的に決断に飛びつくきらいがあると考えていたが、それはさておき、ジャックは、終わりなきテロとの戦いのべつの不名誉なエピソードを思いだした。一九九〇年代の話だが、スーダンにおけるＣＩＡの作戦中に、ウサマ・ビン・ラーディンがＣＩＡ地上部門の狙撃手の十字線に捉えられ、その特殊作戦要員のほうはずっと射撃の許可が下りるのを待っていたことがあった。

許可はついに下りなかった。

もし狙撃手が引き金を引いていたら、世界は変わっていただろうか？　それを知るすべはない。たとえそうでも、ジャックは、四機の旅客機が破壊され、三千人近いアメリカ人が亡《な》くなって、経済が打撃を受けるよりひどい未来をなかなか想像できなかった。

それにつづく悲惨なイラク戦争はいうまでもなく。

これは人生に一度のチャンスで、ジャックにはそのチャンスが自分の横をすり抜けていくのを許すことはできなかった。問題は、アフマディの存在をどうやって活用するかだ。父親に直訴するのは気が進まなかったが、もしかするといまこそアメリカ合衆国大統領を巻きこむときかもしれない。ジャック・シニアと〈ザ・キャンパス〉と呼ばれる未申告で半合法的な情報機関が関係を認めずに距離を置くのは、それはそれで仕方ないが、ジャックは自分の父を知っていた。

ジョン・パトリック・ライアン・シニアは、非常時に祖国をひきいてから農民の暮らしに戻っていったローマの市民兵士キンキンナトゥスの典型だった。シニアは大統領かもしれないが、政治的な性質をかけらも持っていなかった。ジャックの父は、政治的な影響の恐れが正しいことをなすのを妨害するなんて、けっして許さないだろう。この場合、正しいこととは、アフマディの命を絶って彼の恐怖時代を終わらせることだ。

　問題は、どうやってやるかだ。

　ここでまたしても、ギャヴィンの新しい秘密《COV》通信《COMS》プログラムの入ったイスラエル製携帯電話が窮地を救った。シニアの子供たち全員と同様、ジャックは父の直通回線の番号を知っていたが、それは選択肢ではなかった。とにかく、ベイルートにいるあいだは。ヒズボラの進歩をつづけるＳＩＧＩＮＴ能力やら、市内の電波を盛んに標的にしているイスラエルやレバノンやイランをはじめとする多くの国の情報プールやらのせいで、ジャックは他人が傍受できる回線を使って父に電話をかけるつもりはなかった。しかし、ギャヴィンの新しいアルゴリズムのおかげで、彼は盗聴者を気にしなくてもよかった。

　これが終わったら、ジャックはあのぽっちゃりしたキーボード戦士をひと晩、街へつれだすつもりだった。ただしギャヴィンの料理の好みを知っているので、〈ルースのクリス・ステーキ・ハウス〉のポーターハウス・ステーキより、〈マクドナルド〉

のハンバーガーになる可能性が高いが。ギャヴィンは誰にも負けないほどプログラムを書きなぐれるが、〈チートス〉と〈マウンテンデュー〉で生きている。

　ジャックが数枚写真を撮るあいだに、アフマディは立ち止まってスポーツコートのボタンを留めると、ボディガードたちに護衛されて共同住宅ビルに入っていった。将軍は誰もがいうとおり冷静沈着なのか、それともあのイラン人はレバノンできわめて安全だと感じているのかどちらかだ。

　たとえそうでも、ジャックはいまや、あの男の存在の反論できない証拠を手に入れた。

　政治的な悪影響を気にせずに断固として行動するのはいいが、誰かさんの意見だけで人間を抹殺するのは、たとえその誰かさんがたまたま自分の息子だとしても、べつの話だ。ジャックは〈サウロン〉アプリがまだ機能しているのを確認してから、携帯電話のデジタル・ダイヤルパッドを起動した。

　ジャックは、番号の上に親指を持っていって番号を打ちこみだそうとしたとき、自分の携帯電話があらゆる接続を失っていることに気づいた。まったくの驚きではなかったが、この新展開は気がかりだった。けっして安定しているとはいえない社会基盤を持つ大半の国々と同様、携帯電話あるいはインターネットの接続が失われるのは、予想外というわけではない。

　しかし、これはそうではなかった。なくてはならない携帯電波マークの縦棒がだんだん短くなったり、大きくなったり小さくなったりするＷｉ－Ｆｉマークが不安定な接続状況を告げるのではなく、ジャックの接続が失われたのは、もっと唐突だった。いままで携帯電話もＷｉ－Ｆｉも両方普通につながっていたと思ったら、つぎの瞬間、画面のいちばん上に〈圏外《ノー・サーヴィス》〉の文字が現われたのだ。まるで誰かがたったいま全国送電線網のスイッチを切ってしまったかのようだ。ただしジャックはレバノンの送電線網がそのレベルの高度な技術を持っていないことをかなりの程度確信していた。

　すると残されるのは、かなりうれしくない選択肢だ。誰かが外の世界とつながる彼の能力をたったいま危険にさらしたのだ。

　まずいぞ。

　ジャックは携帯電話からゲブランに視線を移し、スパイにいますぐ移動すると告げようとした。男の表情に彼は凍りついた。救急車の運転手は特殊作戦向きの人材ではないかもしれないが、流血の待ち伏せのあいだも冷静さをたもっていた。しかし、それはあのときのことだ。いまスパイの顔立ちはゆがんで恐怖の仮面と化していた。煙草が震え、彼が必死に唾を呑みこもうとすると、テーブルに灰をまき散らした。

ジャックは携帯電話をテーブルに落として、拳銃に手をのばした。

彼の動きはすばやい。ディングがそうさせた。

しかし、速さが足りなかった。

ジャックの指がジェリコ拳銃のグリップに触れたとき、冷たい鋼鉄の輪が彼の首筋に押しつけられた。

「わたしならやめておく」聞きおぼえのあるウェイトレスの声がした。今度は完璧な英語だ。「あなたはとてもかわいい顔をしているから。わたしはそれをお友だちの胸いっぱいに飛び散らせたくないの」

美しい女性の笑顔もこれまでだ。

42

「まちがいがあったようだ」ジャックはそういって、選択肢を検討するあいだ時間稼ぎをした。

いい選択肢はひとつもなかったが。

ウェイトレスは笑い声をあげた。もし銃身が自分の頭《ず》蓋骨《がいこつ》から十センチ以内に位置していなかったら、ジャックは耳に心地よいその音を魅惑的だと思っただろう。

「わたしもそれは疑わない」とウェイトレスはいった。「こういう状況は普通、無数のまちがいの結果だから。でも、もしわたしがまちがった男の頭に銃を突きつけているといっているんなら、いってもむだよ。わたしはこの二時間、テーブルサービスをしながら、あなたたちが現われるのを待っていたんだからね。テーブルサービスなんてもううんざり」

ウェイトレスが、うんざりという言葉につけた抑揚が、ジャックにコンマ五秒前の警告をあたえたが、それだけではじゅうぶんでなかった。彼の頭脳がその口調を処理すると同時に、彼女が後頭部を拳銃でぶん殴った箇所が燃え上がっていた。ジャックは一、二度、手荒くあつかわれたことがあるが、拳銃で強烈に殴られるのは、覚悟できるようなことではない。苦痛が白い稲妻のように頭蓋骨の基底部から燃え上がり、ジャックは両手をテーブルについて、コーヒーに顔をつっこまないようにした。

ウェイトレスがジェリコ拳銃を取り上げるのを止めるどころの騒ぎではなかった。

「失礼」とウェイトレスはいった。その声はいまやジャックの右側から聞こえてくる。

「でも、あなたが考えていることはなんでも、蕾《つぼみ》のうちに摘んでしまわないとね。そのままおとなしく座っていてくれたら、わたしの友人たちがいますぐ来るから」

「きみの友だちとは何者だ？」ジャックはそういって、苦痛に目を細めながら、女をしゃべりつづけさせようとした。

しかし、ジャックがつぎに聞いた声は、ウェイトレスのものではなかった。声の質はまちがいなく男だったが、口調に聞きおぼえはなかった。

あいにく、言葉のほうは容易に理解できた。

「お知り合いになれてうれしいよ、わがアメリカの同志くん」

ジャックは目を開けて、ため息をついた。声におぼえはなかったかもしれないが、声の主はそうではなかった。
アフマディ将軍が彼の真正面に立っていた。
しかも、微笑んで。

43

「こんなところだが勘弁してくれ」アフマディ将軍はそういって、身ぶりでアパートを指ししめした。「だが、あまり多くのアメリカ人情報工作員をもてなしたことがなくてね。じつをいうと、きみが第一号だと思うよ」

「なにをいっているのかわからない」とジャックはいった。彼の反応は無意識だったが、頭はいま起きていることを必死に理解しようとしていた。

彼は、ビルの四階にある、家具がわずかしか置かれていないアパートの共用部分で、椅子に手錠で縛りつけられていた。ゲブランも同じように縛りつけられてとなりに座っている。ひんやりとした風が首をなぶり、背後のバルコニーへとつづく薄っぺらなカーテンごしに吹いてくる。ジャックの左側には、小さなキッチンがあった。右側では、狭い廊下が視界の外へとつづいている。

部屋は窮屈に思えたが、それはアパートの面積が狭いからだけではなかった。空いた空間は残らず、体で埋めつくされているようだった。将軍とそのボディガードにくわえて、ウェイトレスが部屋の向こうから彼に微笑んでいる。その横には、図体の大きな白色人種の男が立っていた。同様の胴回りの男がさらにふたり、ジャックと手招きするバルコニーのあいだで、見えないところにひそんでいた。

ジャックはウェイトレスが最初に英語で話しかけてきて以来、彼女のなまりを判別しようとしていたが、いまはわかっていた。アパートに入るとき、彼女はステロイド愛好家の三人組にすばやい指示を飛ばしていて、ジャックが推理をあやまっていないかぎり、彼女はロシア語を話していた。この小さな情報の断片は、ジャックが待ち伏せ地点で覆面をはいだスラブ系の顔立ちをしたガンマンの正体とうまく符合した。

ベッカとトミーの誘拐犯たちの国籍はいまつきとめたかもしれないが、ジャックはまだなぜ彼らがベイルートにいるのかわからなかった。ロシアの対外情報局ＳＶＲは、非情で有能な情報機関だが、そのすぐれた作戦能力を誰にでも貸すことで知られてはいない。とくにイラン人には。ジャックの考えでは、この場の関係は奇妙に逆転していた。

そのうえに、主賓がいた。ウェイトレスの反対側に、腕を胸の前で無頓着に組んで立っているのは、まさしく時の人だった――ベッカがイスラエルまで会いに来た偽者《にせもの》のベンチャー資本家だ。

しかし、ここで起きている状況の筋書きをうまく説明するのは、ここにいる人間だけでなく、ここにいない人間だ。ジャックはみすぼらしい家具と陰気な調度品のどこにもベッカあるいはトミーの姿を見ていなかった。もし知的能力をその作業にじゅうぶん振り向けられたら、ジャックは、茶葉占いよろしく、室内にいる人間たちをたくさんの紅茶の葉のように解読して、なにが起きているのかつきとめられると確信していた。

あいにく、ほかのあることが彼の注意を要求していた。

「名前をいうんだ」とアフマディ将軍はいった。

作戦要員として〈ザ・キャンパス〉にくわわった瞬間から、このシナリオはジャックの最悪の悪夢だった。彼の運動神経とかなりの知性があれば、ジャックは秘密の世界を専門とする三文字のどんな機関でもうってつけの新人になっただろうが、〈ザ・キャンパス〉はほかに類を見ないものだった。もっとも機密性の高い政府機関さえも統制する権限の枠組みからはずれたところに存在する〈ザ・キャンパス〉は、各種の特殊作戦部隊と情報機関内の地位から引き抜かれた経験豊富なプロフェッショナルのための場所だ。

それにくわえて、ジャックがいる。

ジャックは自分がたったひとつの理由で〈ザ・キャンパス〉の仲間入りをみとめられたことを知っていた――父親がジャック・パトリック・ライアン・シニアだからだ。

そして、もしクラークが彼の上達を認めなければライアン・ジュニアが現場に出ることはけっして許されなかっただろうが、この薄暗い世界のドアを開いたものは、ジャックの家柄だった。

しかし、彼の血筋は諸刃《もろは》の剣《つるぎ》だった。彼の父は〈レゾルート・デスク〉（大統領執務室の執務机）の向こうに座り、世界を灰に変える力を意のままにできる。ジャックには子供がいないので、親がわが子にいだく愛情は間接的にしか理解できない。たとえそうでも、ジャックは大昔に、もし愛する祖国をぶちのめして服従させられる棍棒《こんぼう》を父の敵の手に渡すか、しからずんば死かの選択を迫られたら、後者を選ぶと決めていた。

いま彼の決意がためされることになりそうだ。

「さあさあ」とアフマディはいって、ジャックの向かいに椅子を引き寄せた。「明白なことを否定してもなんにもならないぞ」

「どういう意味だ？」とジャックはたずねた。

彼が質問をしたのは、答えを期待したからではなく、時間が必要だったからだ。状況を見きわめるための時間が。なにがこれほどひどくおかしな方向に進んだのかを理解するための時間が。そして、なによりも重要な、もう一度攻勢に出るための時間が。

しかし、時間は彼の思いどおりにならなかった。

「アメリカの情報局員であることを否定するのは、どちらにとってもためにならないということだよ。きみについてはすでに多くのことを知っている。イスラエル人たちとここに来たが、勇敢すぎたか愚かすぎたので、連中といっしょに逃げなかったということもね。きみがアメリカ人科学者を探していることも知っている。きみのファーストネームがジャックだということさえ知っているんだ。知らないのはきみの苗字《みょうじ》だ。いうんだ。さあ」

「なぜだ？」とジャックはいった。

「きみの祖国の完全な関心をわたしが得られるようにだ」

44

「なにをいっているのかわからない」とジャックはいった。

「こっちはそんなことどうだっていい」とアフマディはいった。「苗字をいうんだ」

「ことわる」

「われわれは理性的な人間のようにふるまえると期待していたんだがね」アフマディは失望に頭を左右に振りながらいった。「わたしの思いちがいだったか」

　イラン人は肩ごしにふりかえると、耳障《みみざわ》りなロシア語でまくしたてた。男の声が同じ言語で答えた。それからドアが開いて、ジャックの右側の狭い廊下を足音が近づいてくるのが聞こえた。複数の足音だ。つぎの瞬間、図体の大きなスラブ人の殺し屋が共用部分に客人をもうふたりつれてきた。

　ベッカとトミーだ。

　息子を守るように両腕でその肩を抱きしめる科学者の姿は、ジャックのなかでなにかをこわした。いまは紀元一世紀じゃないぞ。母親の罪は、現実だろうが想像上だろうが、もはや自閉症の息子の身に降りかかったりはしないんだ。

なのにトミーは人殺しだらけのこの部屋にいる。

少年のうつろな視線がアパートをぐるりと見まわしたが、その目はジャックを見つけたとき生き生きと輝いた。

「やあ、相棒」とジャックはいって、むりやり笑顔を作った。「元気かい？」

「お家に帰りたい」トミーはそういって、まるでこの部屋には自分たちふたりしかいないかのように、ジャックと目と目を合わせた。「いますぐ」

「帰れるとも」とジャックはいった。「もうちょっとで」

ベッカは体を震わせたが、口を開いてしゃべろうとしたとき、見張りが彼女を手の甲で殴った。指の関節が彼女の顔を打つぴしゃりという音が狭い室内に響いた。ベッカは気丈にも泣き叫ばなかったが、頬一面に赤い斑点《はんてん》が散っているところから、殴られるのはこれがはじめてでないことがわかった。トミーはこの出来事を無言で見ていたが、その瞳は、つぎにジャックの目と合ったとき、涙をいっぱいに溜《た》めていた。

「やめろ」ジャックはトミーからアファマディに注意を移した。「いますぐに」

「なんともアメリカ人らしいな」とアファマディ将軍はいった。「だが、きみは要求する立場にないんだ。さあ、きみの苗字だ」

ジャックはイラン人を無言で見つめ返した。

「けっこう」とアフマディはいった。

ロシア語の第二の奔流は、今度はウェイトレスに向けられた。彼女は返事をせずに拳銃を上げると、目にも止まらぬ早さで二度、発射した。ジャックは血が顔に飛び散ると、一瞬、自分が標的だと確信してよろめいた。それから、ごぼごぼと喉《のど》を鳴らす音がとなりの椅子から聞こえてくるのに気づいた。ふりむいたジャックは生気がゲブランの目から引いていくのを見た。

「このくそ野郎」ジャックは手錠にあらがいながらいった。

ジャックの後ろに立っている見張りのひとりが、こめかみにすばやいジャブを食らわせて、目から火を出させた。視界が晴れると、ジャックは抵抗するのをやめた。バリスタはふたたび拳銃をふりかざしていた。

今度は、その銃身はトミーに向けられていた。

「たぶん気づいているとは思うが」とアフマディはいった。「わたしはドクター・シュウェイガートが脳味噌のなかに持っているものを必要としている。だが、彼女の息子の脳味噌は失ってもどうということはない。やさしい博士は両方とも無事であってほしいだろうがね、そうなるかどうかは、完全にきみしだいだ。きみの苗字だ。二度と聞かんぞ」

ジャックは息を吸いこんだ。

それを吐きだした。

ベッカを見つめる。

トミーに笑いかける。

こういう状況ではジャックは普通、なんのためらいもなく偽名をつたえていただろう。しかし、この作戦に普通なところなどなにひとつなかった。好むと好まざるとにかかわらず、自信過剰なイラン人将軍は、終始ジャックの一歩先を行っている。ジャックは作戦全体が最初から最後まで漏れていると確信していた。しかし、二重スパイ《もぐら》はどの程度まで深くもぐりこんでいるのだろう？　ジャックの触れ込みと本当の名前のちがいがわかるほど深くか？　ジャックには一度のチャンスしかなかったし、もし選択をまちがえたら、その代償はトミーがはらうことになるのだ。

その観点からすると、選択肢はそうたくさんあるわけではない。

ジャックは咳払《せきばら》いをすると、イラン人の笑う目をにらみ据えた。

「ライアンだ。ジャック・ライアン」

45

ジャックは〈ザ・キャンパス〉の一員になってからこれまでのあいだに一度や二度、窮地におちいったことはある。正直にいえば、彼はおそらく、大半の秘密工作員が生涯に遭遇するより多くの危機一髪を、十年かそこらの勤務で経験していた。これは部分的には〈ザ・キャンパス〉の活動の性格によるものだ。

ジェリー・ヘンドリー元上院議員は、現時点で存在するものを超えた作戦能力を大統領に提供するために、この組織を誕生させた。政府の最小限の監督しか受けず、ほぼ無制限の予算が使え、そして報告の仕組みは連邦政府の完全に枠外にある〈ザ・キャンパス〉の工作員は、ほかの者たちが行かない場所へ行き、できないことをやる。

しかし、このとてつもない自由には、とてつもない危険がともなう。

〈ザ・キャンパス〉の作戦は、伝統的な諜報《ちょうほう》活動あるいは秘密準軍事作戦とちがって、最小限の計画立案と、ときにいっさいの予告抜きで遂行される。数々の逸話を持つC

ＩＡの〈地上部門〉の同輩たちが、直接行動任務を遂行する前に、目標となる施設の複製を丸ごと建設する余裕があるのにたいして、〈ザ・キャンパス〉の工作員はずっときびしいスケジュールで活動する。

ようするに、これはジャックのはじめてのロデオ体験とはほど遠いということだ。とはいえ、彼は危険度がこれ以上に高かった例を思いつけなかった。ジャックは危険をもとめてはいなかったが、身におよぶ危険は受け入れるようになっていた。たしかに、前回の任務では、リーサンヌが証言できるように、作戦上のリスクが少しばかりきわどすぎてはいたが。銃声のほうへ走っていく戦士がいつも無事に戻ってくるのは、映画のなかだけだ。

しかし、これはそれともどこかちがっていた。危険にさらされているのは、ジャックとベッカとトミーの身の安全だけではなかった。狡猾《こうかつ》なイラン人はわけあってジャックの苗字を必要としていたし、それはクリスマス・カードを送る相手のリストを新しいものにするためではなかった。そうではなく、もしジャックが推測しなければならないとしたら、コッズ部隊の将軍は、お決まりの身代金《みのしろきん》の要求がバグダッドのアメリカ大使館にとどいたとき、ジャックの写真に名前をつけ加えることで、捕らえた情報局員を最大限利用したいと思っているのだ。

ただし、ジャックは、そうではないふりをしようとしていたが、ただ普通の情報局員ではなかった。いまのところ、アフマディはジャックがどういう人間なのか知らないようだ。しかし、外交電報が国家情報長官の目に留まったら、メアリ・パットはまちがいなく知るだろう。したがって、アフマディ将軍はたぶんジャックを捕らえたことを利用してイラクあるいはシリアで活動中のアメリカ人全員の目をほかへそらさせるつもりなのだろうが、彼はそれよりはるかに大きなことをしでかしそうな状況にある。もし長男がテロリストたちの手中にあることをジャックの父が知ったら、その影響は世界を変えかねないからだ。

この状況がどのように展開しようとも、なにかが起きようとしている。アメリカの政策決定者が、捕らえられた情報工作員を取り返すことに気を取られているあいだに、アフマディはなにかを成し遂げようとしているのだ。しかも、この陽動作戦はいまや断然効果的になるだろう。捕まった工作員がたまたま大統領の息子でもあるからだ。

しかし、それは問題の半分でしかなかった。

もう半分はジャックが自分を捕らえている連中の顔を見ていることだ。合衆国大統領とその息子を捕らえているテロリストたちのあいだでどう話が進もうが、ジャックが生きてアパートを出ることはないだろう。筋書きをひっくり返さねばならない。

しかし、どうすればいいのかはっきりしなかった。

ジャックは名前を差しだしたあと、つぎに起きることを、複数の非合法侵入作戦に参加したことがある男のプロとしての関心で見守っていた。アフマディ将軍は勝者の笑みを浮かべると、それからベッカとトミー、ウェイトレス、そして偽者のベンチャー資本家をひきつれてアパートを出ていった。しかし、その前に、トミーの手からキャプテン・アメリカのフィギュアを奪い取り、それをジャックの足もとに放った。

発信器もこれでおしまいだ。

そして、ジャックと彼のふたりの新しい友人だけになった――ロシアのステロイド・ボーイズだ。

つぎにやって来たのは、お約束の手荒い仕打ちで、大きなほうのロシアの殺し屋がジャックの顔に二発ジャブを食らわせた。パンチは痛かったが、巨漢は、狂信者の闇雲な怒りではなく、相手にいい聞かせようとする男の冷静な精確さで打撃をあたえた。

ジャックの疑念は、男がジャックの目にとりわけ強烈な一発をお見舞いしたあとで自分の手並みを調べるために手を止めたとき、裏づけられた。ロシア人はジャックの髪をつかむと、ジャックの頭を左右にぐいと引っぱってから、満足したようにうなり声を上げた。それから拳銃を抜いて、ジャックのこめかみにつきつけ、いっぽうその相棒はカメラマンの役をつとめた。

カメラマン役は満足してうなずき、親指で携帯電話を操作した。それから男たちはジャックのほうを向いた。ジャックはこれからなにが起きようとしているのかを理解し、そう気づいたことで、ある程度迷いが消えた。彼のそれまでの脱出計画は、自分ではどうにもならない不確定要素をかかえていた。男たちは自分を移すつもりなのか？　もしそうなら、どうやって？　行動を起こすのを待つべきか、それとも一か八かやってみるべきか？

いまやそうした疑問は無意味だった。

彼が生きてアパートを出ることはないだろう。

ジャックはうめき声を上げると、手錠が許すかぎり前にかがみこんだ。「なんだか具合が悪い」

ジャックに近いほうの見張りが笑い声をあげてから、相棒になにかいった。ふたりともおかしそうに笑った。ジャックが期待した反応ではない。

「なあ」とジャックはいって、声にもう少し切羽詰まった感じを持たせた。「手洗いに行かせてもらいたいんだがね。いますぐにだ」

また、にやにや笑い。

「好きにすればいいさ」とジャックはいった。「だが、この部屋が不快なことになるぞ。わかるか？」

男たちがわかっていないのは明白だった。脱出計画にかんするかぎり、これは教科書に載せるべき大成功の一例とはいえなかった。

「どうした」とジャックはいった。「おまえたち、ど阿呆ふたり組は、わたしがなにをいっているかちゃんとわかっているくせに。ＷＣだ、バーニョだ、トアレテンだ、トワレットだ」

ジャックは語学が達者ではないが、かなりの数の言語でビールがあるかとたずねられるのをのぞけば、トイレの場所を聞くのはそのつぎに重要な彼の外国語知識だった。彼の経験上、これらのふたつの必須語に、〝お願いします〟、〝ありがとう〟、そして〝そのドレスだと、きみの瞳は美しく見えるね〟をつけくわえれば、その国は片づけたことになる。残念ながら、彼のロシア語の語彙《ごい》はまだそこまで達していなかった。

「ハマムはどうだ？」とジャックはいった。「それでピンと来たか？　まだほかに五、六カ国語をためせるが、時間がないのでね」

まだ無反応だ。

芝居を打つときだ。

ジャックはすでに痛む腹部をいきませて、自分の苦しみのまぎれもなく聞き取れる証拠を出してみせた。それが見張りたちの関心を引いた。男を自分の血と小便にまみれた状態で放っておくのはいいが、ロシア人の殺し屋にも限度というものがあった。彼らはふたり組でジャックにかかってきた。大きなほうがジャックの顎《あご》に小手調べの右クロスを放つと、同志のほうは手錠に取りかかった。

ジャックは一撃が襲ってくるのを見て、なんとかパンチといっしょに首を回したが、それでも脳震盪《のうしんとう》を起こした。それから、手錠がはずれる金属的なカチッという音が聞こえた。つぎの瞬間、ジャックは立たされ、男たちが彼をトイレのほうへ追い立てていった。殺し屋のひとりがジャックの背中に拳銃を押しつけ、もうひとりがジャックの豊かな髪をひと握りつかんで、彼を前に引っぱっている。

理想的とはいえないが、椅子に手錠で縛りつけられて死ぬよりはましだ。

ジャックはそう願った。

一般に思われているのとはちがって、髪の毛は効果的な拘束のメカニズムではない。体には元来、つかめる場所がほかにたくさんあって、力を正しい方向に正しい量くわえれば、相手を驚くほどやすやすと支配できる。人間の髪の毛は、ひとつの単純な理由からそのリストには載っていない――その支配が、服従を確実にするのに、物理現象ではなく苦痛にたよっているからだ。同じ力を逆方向にあたえられると、毛包が頭皮から分かれて、支配のメカニズムが失われる。

ただし、とてつもなく痛いが。

とはいえ、死だって同じことだ。

46

ジャックは、最高の人間から徒手格闘を学んでいた。拳《こぶし》を使って生きのびることがビールをしこたま飲んだあとで話し合われるただの空理空論ではない戦士たちから。

そうした教官のひとりが肘打《ひじう》ちでジャックのあばら骨をもう少しで折りかけたあとでいったように、〈ザ・キャンパス〉という厳しい試練をあたえる学校を出ても、人は〈ゴールデン・グローブス〉マッチに出場するボクサーとしてのキャリアを歩みだせはしない。しかし、自分を殺したいと思う人間で満員のエレベーターで、もしかして人を生きのびさせるかもしれない。

あるいは、狭苦しいアパートで。

政府のほかの準軍事組織で教わる徒手格闘課程とちがって、〈ザ・キャンパス〉の教官たちは特定の武道の支持者ではない。ジャックはたしかにパスガードや強烈な太《ふと》腿《もも》キックの受け止めかたを学んでいたが、格闘訓練所でいくらすごしても色つきの帯はもらえなかった。ジャックは正確には武道も、護身術も、格闘術も学んでいなかった。かわりに、彼は相手をできるだけすばやく乱暴に殺すか再起不能にする方法を教わっていた。

ジャックはこれから起きることに準備ができていた。

彼は見張りたちがそうではないことを願っていた。

複数の攻撃者と同時に戦うための秘訣《ひけつ》は簡単だ――戦わないことだ。訓練されたふたりの戦士は、ほぼまちがいなくひとりの男を圧倒することに成功する。殺し屋１が顎への一発でジャックの気を散らすあいだに、殺し屋２が手錠をはずしたやりかたがなにかをしめすとしたら、このふたり組は以前にもこれをやった経験があるということだ。

だから、連中には自信がある。

それをジャックは利用するつもりだ。

しかし、まずは不利な状況を五分五分にする必要がある。

ジャックはうめくと、両手で腹を抱えてよろめいた。あるいは、すくなくともよろめいたように見せた。重心が下がって、ジャックの髪をつかんでいる殺し屋には選択肢ができた。髪を引っぱってジャックが倒れるのを止めることも、ジャックに倒れつづけさせて、つかんだ手が離れる危険を冒すこともできる。ロシア人は選択肢1を選んで、ずんぐりとした指をジャックの髪に入れると、引っぱった。

痛かった。

ものすごく。

しかし、これ以上ないほどではなかった。ジャックは折った膝から突然激しく上向きに伸びあがると、突き上げながら顎を引いた。見張りの顎があると思われる場所に向かって、頭の先を突進させる。

肉と肉がぶつかって、壊滅的な結果をもたらした。

軟骨の砕ける音がジャックの頭皮に響きわたり、彼は自分をつかんでいる男の鼻をかわりに粉砕した。髪を引っぱる力が弱まったが、それでもつぎにやって来るものは恐ろしく不快だろう。ジャックは自分をつかんでいる男に向かって体を回転させ、毛包が頭からひっこ抜けると、歯を食いしばった。彼は苦痛をやる気に変えて、ロシア人の折れた鼻にもう一度、額を叩きつけた。

血の噴水が見張りの砕けた鼻と口から滝のようにどっと流れ落ちた。

ジャックは、意識がもうろうとしたロシア人のシャツを両手でつかんで、ぐったりした男をその相棒に叩《たた》きつけた。もうひとりの見張りは拳銃を発砲した。ジャックは自分の被害者の胸に頭を押しつけていたが、拳銃の発砲はそれでもすさまじかった。銃口衝風が強烈な見えない一撃をジャックに食らわせ、彼の膝を崩れさせた。

　ジャックは吐き気と戦いながら、拳銃をかまえる手首をつかむと、ひとり目の見張りの肩を即興の腕挫《ひし》ぎ十字固めの支点にして、下にねじった。一瞬、銃を持つ男はジャックを宙ぶらりんにした。それから重力が勝った。男の手首が湿っぽいボキリという音とともに折れて、拳銃が床にころがった。

　ジャックはふたりのロシア人をうっちゃると、拳銃をひろい上げ、拳銃をわきの近くに引きつけて第二の射撃姿勢からぶっ放した。銃弾を両方の男の胸腔《きょうくう》に集中させ、発砲しながら銃口を上に向けていく。そこで格闘は終わった。

　ジャックは血まみれだったが、生きていた。

〈ザ・キャンパス〉の基準では、これは成功ということになる。

　ジャックはよろよろと立ち上がると、死体を身体検査したかったが、やめにした。格闘は死にものぐるいだっただけでなく騒々しかった。ベイルートは都市のなかでももっとも長閑《のどか》とはいえなかったが、それでもこれだけの騒音を出せば気づかれるだろう。近所の人々はたぶんすでにヒズボラの代表者か地元警察と電話中だろう。

　いずれの選択肢も、ジャックの脱出に水を差すことになる。

死体をまたぎ越えたジャックは、銃を持っていた男の死体のところで立ち止まった。男の上着がはだけて、樹脂製のポケットに予備弾倉が二本入った弾倉ケースが見えている。ジャックは両方ともつかんで、ドアへ向かう途中で拳銃をコンバット・リロードすると、残る二本の弾倉を前ポケットにつっこんだ。元F-14戦闘機乗りで、父の大親友のひとりであるロビー・ジャクソンはよく、優秀な戦闘機乗りはけっして燃料あるいは銃弾をことわらないものだといっている。

ジャックはその助言が銃で戦闘する人間にもあてはまると思った。

ジャックはアパートのドアにたどりつくと、のぞき穴から外をのぞいた。いそぐのもいいが、悪いやつらがもっと待ちかまえていたら、すべては水の泡だ。さいわい、ジャックがすばやくのぞいたかぎりでは、無人の薄暗い廊下しか見えなかった。

しかし、そう長く無人のままではないだろう。

ジャックはドアを開けて、空いたほうの手で拳銃を前につきだした。左の廊下と階段は安全だ。

右はそうでもなかった。

残念ながら、右腿のちくっとする感覚が、すべて順調というわけではないという最初の兆候だった。見おろしたジャックは、ほっそりとした女性の指が大きな注射器を持っているのを見た。

「背の高い男の重要な点は」とロシアなまりの声が聞こえた。「通常、下を見ないこと。自分より小さなものは脅威ではないと思っているからでしょう。ちがう？」

ジャックは銃を向けようとしたが、筋肉が協力してくれなかった。力の入らない指から拳銃がすべり落ちるのを止めるすべのないジャックは、ウェイトレスを押しのけた。あるいは、そうしようとした。しかし、脚の筋肉には筋肉の考えがあった。彼のハムストリングと大腿四頭筋《だいたいしとうきん》はゼリーに変わり、彼は拳銃のあとから床に倒れた。

あおむけになったジャックは、ウェイトレスのぎらぎら光る目をのぞきこんだ。

「あなたはわたしの部下たちを殺した」と彼女はいって、いまから踏みつぶそうとしている虫のようにジャックを見つめた。「それはまちがいだった」

ジャックは返事をしようとしたが、彼の唇と舌も反乱に加わることに決めていた。

それから暗闇が彼を手に入れた。

47

シリア、アル・タンフ前哨《ぜんしょう》基地

「耳をかっぽじって聞け」ケアリー・マークス曹長はそういうと、目の前の男たちを見つめた。「なにしろこいつは、すごいことになるからな」

作戦命令の説明会にふさわしく、会合はチーム・ルームで開かれていた。したがって、隊員たちの作業空間となるくたびれた折り畳み式テーブルは、嚙《か》み煙草《たばこ》の唾を吐くためのカップやコーヒーマグ、武器の部品、バッテリー、さまざまな分解状態の装備品、ガンオイル、そして、白紙を綴《と》じて、名前の由来となった青っ洟《スノット・グリーン》色の表紙をつけた必携のグリーン・リーダー・ブックが埋めつくしていた。

壁ぎわには、こぼれたコーヒーや嚙み煙草の唾がもたらす危険地帯から安全な距離を置いて、チームのＡＯつまり作戦地域の地図が読みこまれた数台のラップトップ・コンピューターが置かれていた。部屋の前方には、主としてスポーツ専門チャンネルＥＳＰＮを見るか一人称視点のシューティングゲームで遊ぶために使われる巨大なテレビが置かれている。きょう、その画面は政府が本来許可した仕事を本当に遂行して、ラップトップの一台から投影される地形図と、それに重ね合わされた作戦用の画像を表示していた。

〈トリプル・ニッケル〉という名称でも知られる作戦《Ｏ》分遣隊《Ｄ》アルファ《Ａ》５５５を構成する十二名は、思い思いの服装で部屋に散らばっていた。集団を見まわしたケアリーは、クラムドッグのショートパンツとビーチサンダルにオハイオ州立大学のＴシャツ姿から、ブランドン・デュラントのカウボーイブーツと〈ラングラー〉のジーンズにパール素材のスナップボタン付きシャツ姿まで、ありとあらゆるものを目にした。

部下たちが一堂に会した光景は、ケアリーの心をなごませた。しかし、こうした集まりに通常つきものの相手をからかう軽率なおしゃべりは、目に見えてなかった。ＣＩＡのビルがついさっき話した最新情報は、酔っぱらいも素面《しらふ》になるようなものだったからだ。

ケアリーの以前の判断は、一面において正しかった——カルト信者たちが掘り起こしていた造成区画は、コンクリートを流すためのものだった。まちがっていたのは、その目的だ。ビルによれば、新しく養生された厚板は実際には基礎の役目をはたすことになっていた。イラン製の巡航ミサイルを積んだトラック隊のための基礎の。ビルが状況説明の最後でいみじくも述べたように、ホヴェイゼ巡航ミサイルが弾頭になにを搭載することになっているのかは誰にもわからなかった。

　しかし、たぶんクリスマスのプレゼントではないだろう。

　千三百キロを超える射程と、高性能爆薬やクラスター弾、あるいは生物化学剤にさえ対処できるように設定を変えられる搭載量を有するミサイルは、イランが持っていても危険だ。世界の終末をもたらすことを基本理念とするカルト教団が所有すれば、ホヴェイゼ巡航ミサイルは、いまかいまかとマッチを待っているガソリン・タンクに等しい。アメリカの国家指揮最高部は、この兵器を除去する必要があると宣言し、〈トリプル・ニッケル〉がその仕事をまかされた。

　通常なら、これはきわめて単純な作戦だっただろう。ミサイルをおさめたトラック搭載型のＭＬＲＳ、つまり多連装ロケット発射機は、航空攻撃にまちがいなく弱いが、ここでカルト教団の信者たちが状況をややこしくする。カルト指導者の信者を構成する数百人の徴兵適齢の男性はまちがいなく正当な標的だが、彼らといっしょに施設で暮らす妻子は話がべつだ。

だからこそ、ケアリーとその部下たちがこれからふたたび自国の目と耳の役をつとめるのだ。

「このことは、はっきりさせてくれ」とクラムドッグはいった。「悪者どもが女子供を人間の盾にすると決めたから、おれたちは連中が誰ひとり傷つかないように自分の命を危険にさらす。こういう理解で正しいかな？」

アレックス・ブラウン大尉《たいい》は答える用意をしたが、ケアリーが手を上げて、自分がこの件をうまく処理すると意思表示した。

チーム指揮官は賢明にも彼に一任した。

「よく見てみろ、色男」ケアリーは声にいらだちをにじませていった。「おまえさんの肩についたその長い資格章《ロング・タブ》に〈特殊部隊〉と書いてあるのはわけがあるんだ。もしこの任務が楽なものだったら、ＳＥＡＬ隊の連中がやるだろうさ。だが、そうじゃないんで、司令部は大人を呼んだというわけだ。誤解がないようにいっておくが、この部屋にいる人間はわたしが戦場の戦略を策定するときつねにいちばん先にくる者たちだ。だが、われわれの仕事は非正規戦なんだ。それはつまり地元住民の信頼を勝ち取るということだが、空軍があやまっておおぜいの女性と子供を殺戮《さつりく》したらそいつはかなりむずかしくなる。だから、われわれが連中のミサイルをこの目で見て、投弾の許可をあたえるんだ。話についてきてるか？」

「猟犬のようにね」とクラムはいった。「だが、巻き添え被害の可能性があるので投弾を許可できなかったらどうするんです？」

「そいつはわたしが説明しよう」ブラウン大尉がそういって、部屋の前方に歩みでた。「最初に、空軍はこの作戦に新しい玩具《おもちゃ》を使うことになる。F-15の攻撃隊は、GBU-53/Bミニ滑空爆弾を投下する。こいつは重量が二百ポンドしかないので、弾頭の効果は標準の二千ポンド統合直接攻撃弾《JDAM》よりずっと小さい。それに、GBUはレーザーの照準点《スポット》まで追跡できるので、よりいっそう精確だ」

「そして、おれたちが標的にレーザーを照射する役目というわけですね？」とクラムがいった。

「そして、オハイオの人間は間抜けだなんて誰がいったのかな？」ブラウン大尉はそういってにやりと笑った。「そのとおりだ。チームはアルファ・ワンからアルファ・ファイブまでの持ち場に配置される」

ブラウン大尉は話しながらテレビ画面を指さして、施設の内部を見とおせる地形地物をひとつひとつ指ししめした。

「アルファ・ワンからスリーは火力支援陣地で、うちの地上機動車輌《しゃりょう》二台と、MRZR全地形車輌一台で増強される。班で操作する重火器は各機動プラットフォームに搭載される。アルファ・フォーは予備のレーザーを受け持つ。アルファ・ファイブはミサイルを標的に誘導する一義的な責任を負う。わたしはうちの緊急対応部隊と間接射撃戦力とともに後方のブラボー・ワンの位置につく。質問は？」

ブラウン大尉のいう緊急対応部隊《QRF》は、各種のクルド人戦闘員で構成され、自由シリア軍の人間が若干名おまけについていた。ケアリーは自分とチームメイトたちが訓練する仕事をあたえられた現地人部隊の質にかならずしも感心しなかったが、クルド人はすごい連中だ。彼らが後ろにいることで、ケアリーはすでに気分がよくなっていた。

「ひとつだけ」ジャドが椅子から身を乗りだしていった。「アルファ・ファイブは施設にかなり近いですが。誰がそいつを引き受けるんです？」

「おまえとわたしさ、兄弟」とケアリーはいった。

「兄弟」とジャドはいってにやりとした。「それ以上すばらしいことは想像もつかないね」

いつもどおり、ジャドの伝染性のある熱意がチームの残りの者たちに笑い声を上げさせ、気づくとケアリー自身もにやりとしていた。作戦自体は危険性が高かったが、特殊作戦部隊での勤務に惹《ひ》かれる人々は危険をいとわない。選抜の水準は驚くほど高いが、それはまさにこの仕事が危険だからだ。

とはいえ、自分の観測手がいったなにかがケアリーの心に響いた。アルファ・ファイブは施設に極端に近いが、それはどうしようもないことだ。その台地からは、ミサイルがいちばんよく見えるうえに、女性と子供が暮らす宿舎の状況を最大限認識できる。もしカルト信者たちが本当に電子送信を中断する能力を持っているのなら、ケアリーはカルト信者たちがやっていることを自分のふたつの目で見られるぐらい近づきたかった。

彼はその気持ちが向こうも同じでないことを願うばかりだった。

48

レバノン、ベイルート

ダリエンは、幹線道路三十号線を南東へ進みながら、ベイルートの近代的な街並みが農村のあばら屋へと変わっていくのを見守った。多くの点で、この経験は、産業化時代から農耕社会へと逆行する時間旅行のようなものだった。その農耕社会は、ベドウィンの遊牧民が最初にこの土地に住みだして以来ほとんど変わっていない。

この変化はうれしいものではなかった。

欧米風の容姿のおかげで活動できる場所のせいで、ダリエンはある程度の近代性に慣れてきていた。どの街角にも〈スターバックス〉は必要なかったが、蛇口から出る飲んでも安全な水と、温かいのと冷たいのと両方の水は、彼があたりまえと思いはじめている多くの便利なもののひとつにすぎなかった。さらに田舎へと旅をして、共用井戸を中心に建てられた日干し煉瓦《れんが》造りの家々からなる村を通りすぎると、ダリエンは自分が時間をさかのぼる旅をしているというよりも、アフマディ将軍の計画がもしも成功した場合の未来図を見ていると思わずにはいられなかった。

　ダリエンはスパイだ。骨の髄まで現場の人間だ。彼は大昔に、用意周到なスパイの勧誘に端を発する陰謀や計略は、象牙《ぞうげ》の塔の安全な場所から世界を見ている連中にまかせることを学んでいた。ダリエンは自分の決断を本部だけでなく後任の現場工作員からもあとでとやかくいわれるのが大嫌いだったが、そうしたことは彼が実績を積み重ねるにつれて、だんだん起きなくなった。ダリエンは彼の同国人たちが恐れて足を踏み入れない場所へ赴いた。彼が差しだすスパイや彼が集める情報は、疑念の入る余地がなかった。その延長で、彼自身もまた同じだった。

　いままでは。

「なんでそんなに静かなの？」

　質問はやんわりとしていたが、それをたずねた女の声はそれでもダリエンをぞくぞくさせた。生活のために人間の秘密を暴《あば》く人物として、ダリエンは、スパイ候補者をその気にさせるうえでセックスがはたす役割をいやというほど知っていた。

とくに男を。

「ちょっと空想にふけっていたのさ」ダリエンはそういって、質問をかわした。

しかし、エカチェリーナ・シードロヴァは、はぐらかした答えでごまかされるような人物ではなかった。元ＳＶＲの工作員の大半に共通する特徴だ。

「だったら、楽しい空想だといいわね」とエカチェリーナはいって、彼のとなりの座席でのびをした。「もしかしたら、つぎの役目のことを考えているのかなって思ったのよ」

「で、それはどうなるんだい？」とダリエンはいった。

「死体よ」

ダリエンは道路から同乗者へとすばやく顔を向けて、彼女の意図を推し量ろうとした。

いつものように、エカチェリーナの姿にダリエンの心臓はどきどきした。青白い顔色にくすんだブロンドの髪をした彼女は、雑誌の表紙を飾るような柄ではなかった。たとえそうでも、彼女の存在感の強さには、カメラがけっして捉えられないなにかがあった。見る者を彼女の蠱惑《こわく》的な目に引きつける魅力が。

ダリエンは九カ月前にはじめて、その淡いブルーの瞳がウィーンのカフェから自分を観察しているのを目にした。そのときエカチェリーナは、ロシアの恐れられる対外情報機関の工作員というより、内気な図書館員のように見えた。しかし、ぶかぶかの衣服で体型を隠していても、豊かにカールした髪を味気ないかつらで隠していても、その瞳をいつわることはできなかった。

すくなくともダリエンからは。

しかし、その瞳はいま、ダリエンがいつもはその深みに隠れているのを知っている性的な激しさを、まったく発散させていなかった。そのかわりに、エカチェリーナはほとんど冷淡といっていい態度でダリエンを見つめていた。まるで彼女が科学者で、ダリエンは研究のためにトレイにピンで留められた昆虫であるかのように。

「どういうことだ?」ダリエンはそういうと、道路に顔を向け直した。彼はエカチェリーナの姿を楽しんだが、彼女に集中することは、理路整然とものごとを考える彼の能力を低下させる傾向があった。

それも大幅に。

「ごく簡単なことよ」とエカチェリーナはいって、ダリエンの髪に指をくぐらせた。「わたしははじめから彼の意図を疑っていたんだけど、自信がなかった。いまは彼があなたにこれをやれと命じたので確信している」

彼女は、車とダリエンと無限の黒いリボンのように前方にのびるアスファルトをひとくくりにするように片手を振って、〝これ〟という言葉を強調した。ダリエンには彼女が誰のことをいっているのかわかった。正直いって、彼も同じ疑念を多少心にいだいていた。それでも、自分の意見で彼女の意見を曇らせることなく彼女の推理を聞きたかった。

「誰だ？」ダリエンは道路に目を向けたままいった。「誰がわたしを殺したがっている？」

「もちろん、アフマディ将軍よ」

ファルハド・アフマディ将軍――コッズ部隊の遠征司令官にして、大アヤトラのお気に入り。将軍は戦術面における才能でそれに見合う評判を取っている。彼はイラクにおけるシーア派の蜂起《ほうき》をひとりで立案して陰から指揮し、同国を混乱におとしいれながら、同時に外国人戦闘員と装甲車輌殺しの即製爆弾を多数イラクに送りこんだ。不人気な政策だったアメリカ軍の増派がなければ、イラクはすでにイランの別館になっていただろう。

アフマディは暴力で達成できなかったことを、いまや贈賄《ぞうわい》や政治的陰謀、狙いすました暗殺で手に入れつつあった。すでにイラクの首相は、スンニー派のさまざまな民兵組織が引き起こす蜂起で窮地に立たされたイラク国家警察を支援するという名目で、イランの平和維持部隊を自国に招聘《しょうへい》している。この狡猾な古狐《ふるぎつね》は、彼の前任者たちが一九八〇年代に実りのない対イラク八年戦争を戦ったにもかかわらず達成できなかったことを成し遂げたのである。

イラン兵はイラクの地で公然と活動していた。

しかし、それは将軍に盲点がないということではない。ダリエンの意見では、そのひとつは、イスラエルを地表から一掃するというアフマディの熱狂的な執着だ。ダリエンの考えによれば、彼の祖国は、一九七九年の蜂起で学生革命家たちが腐敗した国王《シャー》を打倒したときはじまった長い旅を終わらせる一歩手前にあった。

将軍の手腕がもう少しと、あと数回の仕組まれたスンニー派の蜂起があれば、イラン軍のイラク駐留は、軍事顧問任務の暫定《ざんてい》部隊から、占領軍が常駐する恒久的な駐屯地へと変わるだろう。それが実現したとき、イラン・イスラム共和国は、テヘランにはじまって、イラク、シリア、レバノンを横切り、暖かい地中海で終わる陸橋を確立するという目的をついに実現するだろう。

そして、アフマディはこのすべてをユダヤ国家を滅ぼすための無謀な計画で危険にさらしていた。

すくなくとも、ダリエンは計画が無謀だと思った。もちろん、アヤトラはそれを気に入っている。しかし、それは重要ではない。聖職者の支持を得たコッズ部隊の司令官は、イラン情報省《MOIS》のダリエンの監督役たちを打ち負かした。アフマディはイスラエル国内で計画されている作戦のために情報省の最高のスパイを要求し、臆病者どもはダリエンを生け贄《にえ》の子羊のように引き渡したのだ。作戦の狂気はさておき、人はイランの最高指導者にたてついておきながら、長く実りのある人生を送ることなど期待できないものだ。

それでもダリエンはコッズ部隊司令官からあたえられた大胆な目標を手に入れ、それを非の打ちどころなく遂行した。ドクター・レベッカ・シュウェイガートと、彼女がその脳味噌《のうみそ》のなかにたくわえている貴重な知識は手に入り、誰にもイラン人を疑う理由はない。

ダリエンは完璧に近い作戦を遂行した。

しかし、たぶんアフマディが満足するほど完璧に近くはなかったのだろう。

「なぜ将軍がわたしを殺したがっていると思う？」とダリエンはいった。

「わたしのかわいい初心《うぶ》な坊や」エカチェリーナはダリエンにすり寄ると、甘えるようにいった。「あなたはものごとを戦術的な勝利か失敗かというふうに考えるけど、あなたのアフマディ将軍は長いゲームをしているの。たしかに、わたしたちはあの科学者を誘拐するのに成功したけれど、彼女の失踪《しっそう》は気づかれずにはすまないでしょう。誰かが彼女と、ジャック・ライアンの死と、これからおとずれるものの責任を取らねばならない。ねえ、あなた、その誰かがあなたなの」

ダリエンは左側に尻をずらして、ドアに押しつけた。大した動きではなかったが、それでエカチェリーナの触れようとする手から自分を防護するのにじゅうぶんな空間ができた。スパイだけができるやりかたで、ダリエンは自分がいまや崖っぷちに立たされていることを理解していたし、迫り来る深い淵《ふち》を無事渡りきるためには、自分の知的能力を総動員する必要があるだろう。いまは以前にも増して、彼にはロシア女に影響されない思考の明晰《めいせき》さが必要だった。

作戦の計画立案段階では、実行犯の特定がダリエンの重要な検討事項だった。だからこそ、アフマディのコッズ部隊の殺し屋のひとりではなくエカチェリーナが自分のとなりの助手席に座っているのだし、イスラエルの手中から科学者をじつにたくみに誘拐した覆面のガンマンたちが、アラビア語でもペルシャ語でもなくロシア語をしゃべったのだ。

数カ月前、エカチェリーナは、〈ヴァグネル・グループ〉（ロシア語でグルーパ・ヴァグネラ）内の職につくためにＳＶＲを離れていた——これは、以前〈ブラックウォーター〉と呼ばれていたアメリカの傭兵会社のロシア版である。ただしヴァグネルは最近、通常の元スペツナズ特殊作戦部隊射撃手のたんなる寄せ集めに代わって、エカチェリーナのような元情報工作員に門戸を開いている。

　ダリエンにとって、同組織の独自の運営方針は、ならぶもののない能力を提供した――モスクワで訓練を受けた情報局員が収集したすぐに役立つ情報に支援され、特殊作戦部隊のベテランに期待できる精確さで動的な作戦を実施する能力だ。シン・ベトの鼻先で高価値目標をひそかに誘拐するという一見不可能な任務をまかされたスパイにとって、エカチェリーナとその延長でヴァグネル・グループを雇い入れるのは、考えるまでもないことだった。

　しかし、もし自分に正直になれば、ダリエンは作戦が非の打ちどころなく遂行されたわけではないと認めざるを得なかっただろう。学会が女性科学者とその世界情勢を一変させるアイディアを手に入れる機会と考えていたのは、ダリエンだけではなかった。中国はシュウェイガートを無力化する決意だったし、アメリカもまたあきらかに彼女を監視下に置いていた。ダリエンは、モサドあるいはシン・ベト、またはその両方も接触を検討していたことによろこんで賭けるつもりだった。

　ベッカは、ダリエンが想像していたようにホテルから忽然《こつぜん》と姿を消すかわりに、真っ昼間に誘拐された。さらに悪いことに、その過程でイスラエル人が殺された。それにたいしては報復があるだろう。

さらにまた、アメリカの情報局員ジャック・ライアンのずさんな誘拐があった。これもまたアフマディが命じたものだ。最初、あの古狐は、アメリカ側の注意をそらす手段として、ライアンをヒズボラにあたえたがった。アメリカの情報機関は、誘拐された工作員の居場所をつきとめて救出するために、疑いなく大騒ぎをするだろうから、その救出活動に貴重な資源を縛りつけるためだ。

しかし、それから将軍は考えを変えた。

アパートを出て、科学者と彼女の息子をコッズ部隊の取り巻きで確保したあとで、アフマディはダリエンに、いまのこの狂気の過程に取りかかるよう命じたのである。思い返すと、彼がそう命じていて幸いだった。あのアメリカ人は誰もが思っていたより機知に富んでいることがわかったからだ。エカチェリーナの技量がなければ、ライアンはヴァグネル・グループの隠れ家から逃げだしていただろうし、ダリエンがアフマディのためにやったことの反動は、それだけもっと早く感じられていただろう。

しかし、何者の痕跡もなく、実行犯が特定できない任務としてはじまったものは、いまや、海外のコッズ部隊の活動と通常結びつけられる種類の人目を引く大惨事へと変わっていた。ただし、ほかの各情報機関が政界のご主人様たちから押しつけられたお決まりの責任のなすりあいのためになにが起きたのかをふるいにかける作業に取りかかったら、鑑識の証拠はただひとりの人間を指しめすことだろう。

ダリエンを。

その観点でいうと、ダリエンは、狡猾なアフマディ将軍が自分のまったく好きになれなかったスパイを来たるべきしっぺい返しのための生け贄に仕立てようとしていることを、微塵《みじん》も疑わなかった。そして、捨て駒についていえば、ほとんどの身代わりが自分に着せられた濡《ぬ》れ衣《ぎぬ》に反証できないことは、歴史が証明している。

主として、彼らがすでに死んでいるからだ。

「きみのいうとおりだとしよう」ダリエンは言葉を慎重に選んでいった。「きみがわたしの立場だったらどうする？」

「いまの友だちに裏切られたら、新しい友だちを見つける必要がある」

「きみのような？」ダリエンはそういってじらした。

ダリエンはこれと同じ会話のバリエーションをスパイ候補者と何百回もしてきたが、交渉のテーブルの反対側につくのはまったくちがう気分だった。そして、これはまさにそれ、ダリエンのもっとも貴重な財産がかかった交渉だった——彼の命が。

「わたしはすでにあなたのものよ」とエカチェリーナはいった。その口調はいまや、恐ろしく真剣だった。「まだ信じていないのはわかるけれど、うそじゃない。わたしはあなたを愛している。でも、愛だけでは、あなたを救えない。国民国家から自分自身を守るには、国民国家が必要なの。あなたのアフマディ将軍が情け容赦のない人間で、地球上を歩く人間をほとんど恐れていないことはわかるけれど、彼がさからわない世界の指導者がひとりいることは保証する」

「それで、その世界の指導者がなぜわたしを守ってくれるんだ？」とダリエンはいった。

「彼は元情報将校に弱いとだけいっておきましょう。なぜなら彼自身そうだから」

「元ＫＧＢのようなものは存在しないと思ったが」

「意味論ね」エカチェリーナは笑顔でいった。「重要なのは、いったん彼に雇われたら、彼の保護のマントに守られるということ。アメリカは強力な国だし、正直いって、わたしの国より有能よ。でも、アメリカの大統領はやって来ては去っていく――それが彼らの弱点だわ。わたしの国では、皇帝《ツァーリ》は永遠なの。そして彼はぜったいに忘れない」

「じつに寛大な申し出だな」とダリエンはいって、地雷原を進む目の見えない男のように会話を手探りで進めた。「だが、ロシアの皇帝がイランのスパイを使うとは知らなかったね」

「使わないわ。直接的には。でも、ヴァグネル・グループは、あなたのような才能を大いに利用している。きっと給料もじつに満足のいくものだとわかるでしょう。いまもらっているのの三倍よ。しかも、それは氷山の一角にすぎない。もっと多くの……無形の恩恵がある」

　エカチェリーナはふたたび彼に体を押しつけ、今度はダリエンも逃げなかった。彼はスパイだ。生活のために嘘《うそ》をついてきた。そして、生活のために嘘をつく人間は、他人の嘘を見分けるのがたちまち上手になる。ダリエンはエカチェリーナの話に耳をかたむけながら、彼女の言葉の誠実さを聞き取っていた。アフマディはダリエンをはめて罪をおっかぶせようとしている。たとえダリエンが来たるべき嵐をなんとか切り抜けたとしても、彼の背中には依然として標的がついているだろう。しかも、アフマディはアヤトラ自身に話を聞いてもらえるのだ。

　遅かれ早かれ、ダリエンはしかるべき報いを受けるだろう。

「それできみがいったこの仕事の話だが」ダリエンはそういって、エカチェリーナの太腿に手をすべらせた。「面接の手続きはあるのかな？」

「ええ」とエカチェリーナはいって、身をくねらせながら近づいた。「でもすでにあなたはゆうゆうと合格している。あなたの将来の雇い主が要求しているのはただひとつ。あなたの献身を見せることといっておきましょう」

「それはどういうことかな？」とダリエンはいったが、答えはすでに知っていた。

「科学者よ」とエカチェリーナはいった。「どこにいるの？」

やはりそういうことか。ことわざにいう誘いの手だ。ダリエンは気に入らなかったが、これが取り引きの一部であることはわかっていた。高レベルの勧誘は、ロシアの皇帝にさえも危険が大きい。危険を背負いこむのに、ロシア側には、雇われた最新のスパイがことわざにいう船を燃やしたことを知る必要があった。そして、自国のもっとも価値ある獲物の居場所をうちあけることほど、「船を燃やした」といえるものはない（「船を燃やす」は「みずから退路を断つ」という意味）。

ダリエンは長いこと熟考した。あらゆることを。アメリカ人の母とペルシャ人の父の一人っ子として育ったこと。育ちの貧しさと、アメリカ人の風貌《ふうぼう》と欧米の血を引く子供として耐え忍んだ嘲笑《ちょうしょう》。イラン情報省への勧誘と、そのあと彼が冒した危険や、殺した男たち、誘惑した女たち、そのすべてが祖国の命令だった。そして、なんのために？　祖国を鉄拳で支配する、ターバンを巻いた髭面《ひげづら》の男たちの寄せ集めが、いま彼を犬のように捨てられるようにするためか？

ちがう。

「彼女はまだベイルートにいる」ダリエンはそういって、隠れ家の住所を提供した。「コッズ部隊の工作員が彼女を警護している。明日、イランの貨物船が一隻《せき》、入港する予定だ。彼女は船に乗せられて、海路イランへ密航させられる。あっさりテヘランへ飛行機でつれていくよりずっと長い手間がかかるが——」

「彼女を探すための追跡がはじまるべくしてはじまっても、犯罪の証拠となるベイルートとイラン間のフライト記録はない」エカチェリーナは笑顔でいった。「本当になにもかも考えているのね、あなたというひとは。さいわい、ヴァグネル・グループの従業員が何人か、たまたま、まだベイルートにいる。あなたのコッズ部隊の友人たちに電話をかけて。彼らの警備を増強するためにうちの傭兵たちを派遣するというの。わたしの同志たちがあとは面倒を見るから。明日のいまごろは、あの優秀な科学者はまだ貨物船のなかでしょうけど、船はロシアへ向かっている」

「なにもかも考えていたのはわたしだけではなかったようだ」ダリエンはそういって、にやりとした。「わたしたちはすばらしいチームになるな」

「ええ、そのとおり」とエカチェリーナはいうと、彼の太腿の上に乗った。「ところで、ちょっと道路わきで停めない？　これからこの新しい取り決めをふたりで完全なものにするの」

ダリエンはまさにいわれたとおりにした。

49

お楽しみの数時間後、ダリエンは丘の頂に達して、車のスピードを落とした。

「友人たちがもう来ている」とダリエンはいった。

エカチェリーナの変身は一瞬だった。ついさっきまでは、田舎の景色をながめながらドライブする気ままな娘だった。いまや彼女は訓練された工作員だ。エカチェリーナの風貌さえ変わっていた。やわらかな輪郭が引き締まったようで、背筋がもっとのびている。

ダリエンは自分も同じような変化を遂げるのを感じた。ユダヤ人の監視下から出たので、彼はお気に入りの二種類の武器を携行する習慣に戻っていた――シャツの左袖内側の鞘《さや》におさめた小さな刃物と、パンツのウェストバンド内側のホルスターにしまったグロックだ。

ダリエンは、車が丘を惰性で下っていくと、その両方を手で探った。

「早いのは気に入らないわ」とエカチェリーナはいって、背骨の付け根にしのばせた二連発のデリンジャー型拳銃を確認した。「準備して」

エカチェリーナはなにを準備するのかいわなかった。その必要はない。ダリエンは男をもてあそぶ彼女の人格を楽しんだが、これは彼が惚《ほ》れこんだ女だ。人を引きつけるその性格に負けずとも劣らない、死を招く気性を持った工作担当官だ。知性においても活動能力においても彼に匹敵するプロフェッショナル仲間だ。あらゆるスパイと同様、ダリエンは単独で活動する訓練を受けていて、自分の仕事の孤独な性質を切望するようになっていた。

これからはちがう。

エカチェリーナがとなりにいると、彼は満たされ、無敵になった気がした。さあ、その感覚を実際にためすときだ。

「それはどういうことだ?」とダリエンはいった。

「わからない」とエカチェリーナはいった。「見えすいた待ち伏せではないわね。もしそうなら、彼らはすでに仕掛けているでしょうから。彼らはまだわれわれに死んでもらいたいのかもしれないけど、まず話したいのね」

「あるいは、われわれの同乗者が十字砲火でけがをしないようにしたいだけか」ダリエンはそういうと、ブレーキを踏みながら、二台のトラックのほうへ近づいていった。

丘の傾斜はかなりきつく、ほぼ四〇パーセントの勾配《こうばい》だった。ダリエンは車が動きださないようにパーキングブレーキをかけなければならないだろう。落ち合うには奇妙な場所だ。もしこれが……。

「ほかに銃を持った人間を見つけられるかな？」ダリエンはそういって、金属同士がきしむ音をたててパーキングブレーキを引いた。「丘の傾斜が変わる線の下を見るんだ」

エカチェリーナはよく訓練されていたので、座席の上でふりむかなかった。かわりに助手席側のミラーの角度を変えた。

「いたわ」とエカチェリーナはいった。「わたしの側。丘の縁のすぐ下にある隠れ場所。絶好の場所ね。道路全体が視界に入るうえに――」

「われわれも丸見えというわけか」ダリエンはそういって、彼女の考えを締めくくった。「もし待ち伏せなら、われわれがライアンをつれていることを確認してからやる気だな。車内に留まって、狙撃手から目を離すな。やつが道路からわたしに焦点を移すのが見えたら、クラクションを鳴らせ。あとはこっちでやる」

「あなたって、とっても勇敢なのね」エカチェリーナはそういって、シートベルトをはずした。「でも、とっても馬鹿でもある。わたしの安全を気にかけてくれるのはぐっとくるけど、お門違い。わたしはスルージバ・ヴニェーシニイ・ラズヴィェートキ（SVRの正式名称）の出身者よ。自分の仕事はよく心得ている。それに、わたしたちはみんな、あのくそ野郎《ムダーク》どもが、女をどう見ているか知っている」

ダリエンは車内で手をのばしてエカチェリーナの手を握ろうとしたが、かわりに宙をつかんでいた。エカチェリーナは一連の流れるような動きでドアを開けて車からすべりだした。ダリエンは悪態をつくと、シートベルトをはずして、まだロシア人が彼の思考に引き起こした混乱状態と折り合いをつけようとしながら、そのあとを追った。

人生ではじめて、ダリエンは黄金の舌を持つ男ではなくなった。他人を魔法にかけて祖国を裏切らせる人物では。エカチェリーナと目と目を合わせたとき、彼が言葉にしようとしていた漠然とした考えが確固たるものになった。自分が彼女を車という比較的安全な場所から離れさせたくなかったのは、彼女の能力を疑っているからではない。まるでちがう。そうではなく、彼女なしの人生など想像できるかまったく自信が持てなかったからだ。

一瞬、彼女のブルーの瞳が、まるで彼の胸に引っかかる言葉を読み取ったかのようにやわらいだ。つぎの瞬間、感傷は消えて、モスクワで訓練された工作員が残った。

ダリエンは自分たちのほうへ歩いてくるふたりの男をほとんど気の毒にさえ思った。連中はたぶんダリエンを不利な立場に置いていると思っているだろう。

ダリエンは、そうではないということを思い知らせる理由を連中がエカチェリーナにあたえなければいいのだがと思った。

「アッサラーム・アライクム」ダリエンはそういって男ふたりにあいさつした。

「ワ・アライクム・アッサラーム」近いほうの男が答えた。彼の返事は、ダリエンの耳には、どことなく不承不承のように聞こえた。

そのうえ、ふたりとも、満足そのもののようには見えなかった。

世界のこのあたりに住む人間の大半とはちがって、男たちは都市居住者のような西洋風の服装をしていなかった。ジーンズとシャツ、テニスシューズのかわりに、べつの時代の服を着ている。褐色の〝アバ〟・ローブとそれによく合う白いターバン。胸に下げたＡＫ‐47だけがふたり組の現代的なものにたいする唯一の譲歩だ。ふたりともわざとエカチェリーナを無視している様子から、疑念は強まった。

男たちは、砂漠の過酷な環境に長年さらされて暮らしてきた者たちの日焼けした髭面をしていた。体格はふたりともほっそりとして、まるで余分な脂肪はとうの昔に容赦ない日差しと風が削り取っていったかのようだ。

ダリエンに近いほうの男は、喉元からはじまって、ふたつの疑り深い目のあいだをつなぐ一本眉《まゆ》までずっとつづいているように思える顔の毛をはやしていた。対照的に、相棒のほうは、もみあげよりも多く産毛《うぶげ》を生やしていて、弱々しい顔の毛はそのやつれた顔をほとんどやわらげてはいない。ふたり合わせると、まるで熊とその横に立つ鼬《いたち》のようだ。

彼らの表情も熊と鼬なみに友好的だった。

とはいえ、終末思想のカルト集団の一員になるのに陽気な人柄は必須条件ではないだろうとダリエンは思った。

「女は何者だ？」と熊公がいった。

「わたしの淫売《いんばい》だ」とダリエンはいった。「彼女の服装を許してくれ。ロシア人で、アラビア語が話せないんだ」

男たちはそろってエカチェリーナに背を向けた。彼女はなにごとかロシア語でつぶやくと、男たちの背後の地点にすっと移動した。ダリエンはにやりとしないように全力をふりしぼらねばならなかった。元ＳＶＲ工作員はじつにやすやすと相手の数的優勢を打ち消すと同時に、丘の上の狙撃手をはっきりと視界内におさめていた。

〝優秀〟という言葉では、彼の相棒はとてもいい表せない。

「おまえはひとりで来るはずだったが」と熊公はいった。

ダリエンは肩をすくめた。「わたしはよくいわれたとおりにしないんでね。わたしが運んできたものを受け取るか、受け取らないか。わたしはどっちでもいい。きっとあんたらの導師はあんたらが手ぶらで帰ってもじゅうぶん理解してくれるだろう」

熊公は鼬男にちらりと目をやり、相手は小さくうなずいた。

「よかろう」と熊公はいった。「だが、女がいることはあんたが自分で説明すればいい」

「どういうことだ？」とダリエンはいった。

「おまえが荷物をとどけることになっているんだ」と熊公はいった。

「そういう取り決めじゃなかったぞ」とダリエンはいった。

彼はうんざりした口調でせりふを口にしていたが、心臓は肋骨《ろっこつ》をスネアドラムのように叩いていた。もし裏切りがあるとしたら、それはいま起きるだろう。エカチェリーナは右へ半歩踏みだして、もう一度、心地よい背伸びをした。

「ぐずぐずするな」と熊公はいった。「おまえのボスの将軍が導師に、おまえがじきじきに荷物をとどけるといったんだ。将軍はおまえに〝サーアト〟といえといっていた。だが、好きに電話をかけて説明をもとめればいい。きっと将軍もじゅうぶん理解してくれるだろう」

〝サーアト〟つまり〝時計〟は、この作戦の合言葉だった。このふたりのごろつきがそれを知る方法は、アフマディが本当にダリエンに新しい命令をあたえた場合だけだ。

彼は一瞬沈黙して、無表情をつづけながら選択肢を検討した。彼はライアンをカルト信者たちに差しだしたあと、このままエカチェリーナとともに消えるつもりだった。しかし、いま尻込みをしたら、ふたりの男はダリエンが車に戻った瞬間に、アフマディと電話で話しているだろう。

あの狡猾な古狐のことはわかっているので、おそらくアフマディは男たちとある種の定時連絡を手配しているだろう。つまり、ダリエンがふたりを殺しても、将軍はなにかがおかしいと知るだろうし、ダリエンは、コッズ部隊の司令官に自分が裏切られたことを知らせる心の準備ができていなかった。

いますぐには。

それはつまり、この見せかけをもう少しつづける以外に選択肢はないということだ。

「いいさ」とダリエンはいった。「行こう」

50

ジャックは、こわばった目蓋《まぶた》をこじ開ける前でさえ、もう二度と酒は飲まないと誓いたくなるほどの二日酔いとともに目ざめた。たまには酒を一、二杯ひっかけることもあるが、これほどお手上げの状態になったことはなかった。やれやれ、自分がいまどこにいるのかはおろか、なんのお祝いをしていたのかも思いだせないありさまだ。

ずきずきする頭が問題の唯一の部分でないのはいうまでもない。彼の内耳は世のなかが飛び跳ねたりすべったりしていると確信していたし、彼はまだ目さえ開けていない。これはよくある、家族のなかに医者がいてよかった場合のひとつになるだろう。たとえ彼女が眼科医であっても。

とくにひどい揺れがジャックを鋼鉄のまちがいなく容赦しない部分に叩きつけた。彼はとっさに顔を守ろうとしたが、できなかった。

彼の両腕は手錠で後ろ手に縛られていたからだ。

頭をなにか硬いものにぶつけるのは、ふらふらの状態を脱するための好ましい方法ではないが、効果はあったようだ。吐き気をもよおさせるようなガソリンの臭気、一面の暗闇、そして狭っ苦しい空間は、ジャックが車のトランクに押しこまれていることをしめしていた。ぼうっとした頭がふたたび働きはじめると、さまざまな刺激が彼に押し寄せた。車の排気ガスの有毒な臭気が、黴《かび》の生えた湿っぽいカーペットと張り合っている。頭のそばのぼろ布の束はエンジンオイルの臭いがするし、体臭と恐怖の酸《す》っぱい臭いがあらゆるものに染《し》みこんでいる。

まちがいなくトランクだ。

ジャックはできるだけ手脚をのばして、血をめぐらすために屈伸をしようとした。それは一部、成功した。脚と背中は一連の筋痙攣《きんけいれん》で不快感を表明するいっぽうで、腕は依然として反応のないゼリーの塊だった。ジャックは腰をひねって、あおむけから横向きの姿勢になると、ピンと針でちくちく刺されるような感覚に歯を食いしばった。

ウェイトレスが彼に注射したものは、なんであれ強力なやつだった。ジャックの腕と手で欲求不満を発散する見えない無数の蜂《はち》は、残っていた心の霧を晴らすのに役立った。しかし、よじれた四肢に戻ってくる血の流れが一長一短であるのと同じように、頭が完全に働くのには代償をともなった。

薄暗がりのせいでジャックは周囲の正確な描写が得られなかったが、トランクの金属製の空間が棺桶《かんおけ》のように自分を閉じこめているのは感じ取れた。神経をすり減らす閉所恐怖症が予告なしに襲ってきて、ジャックは恐怖症に立ち向かうために身震いしながら深呼吸をしなければならなかった。目を閉じて、ほかの感覚に集中し、金属の壁が四方から迫ってくるという感覚と戦った。心拍数と呼吸がどちらもどんどん激しくなっていく。

　ジャックはパニックと戦おうとして、呼吸に意識を集中した。臭い空気を口から吸いこんで、ふたつ数えるあいだ息を止め、それから長くゆっくりと鼻から吐きだす。

　呼吸運動は肉体的ストレスをコントロールするのに役立ったが、心の敵には効果が薄かった。突然の孤立無援の感覚は、ほとんど抗しがたかった。彼は不用心な人間や運の悪い人間を食い物にすることで悪名高い都市で誘拐されていた。〈ザ・キャンパス〉の必読書リストには、元外交保安部《DSS》の警護官フレッド・バートン共著の『ベイルート・ルールズ』が載っている。このノンフィクション作品は、中東のテロの入門書で、CIAのベイルート支局長ウィリアム・バックリーの誘拐と拷問《ごうもん》、そして最終的な殺害を胸が苦しくなるほど詳細に描いている。

　誘拐されてはじめて暴力と出会った多くの被害者とちがって、バックリーはヴェトナムで従軍した元グリーンベレー隊員だった。彼は戦闘の原始的性格を理解していたが、彼でさえヒズボラの誘拐犯たちには勝ち目がなかった。聖戦士の集団から集団へと交換されたあとで、バックリーの遺棄された死体は、最初に捕らえられてから一年以上たってやっと発見された。

ジャックは三十五年も昔の出来事をもとに結論を出すのが危険とわかっていたが、世界のこのあたりで誘拐された被害者が救出される可能性はきわめて低いのも知っていた。いまこそ勇気を奮い起こすときだ。成功の確率がごくわずかに思えても生きるか死ぬかやってみるために。なぜなら、いまは誘拐犯たちもまたいちばん脆弱《ぜいじゃく》なときだからだ。誘拐犯たちがどこだか知らないがジャックをつれていこうとしている場所についてしまえば、状況は連中にとって有利になるだろう。

しかし、いまは両陣営とも一種の中間地帯にある。ジャックは仲間から切り離されているが、誘拐犯たちもそれは同様だ。これが脱出する唯一のチャンスかもしれないし、ジャックはこのチャンスに賭けるつもりだった。

まるで車に乗っている連中に彼の心が読み取れるかのように、ジャックの耳に単調なエンジン音が轟《とどろ》きを失うのが聞こえ、車が速度を落としはじめた。これは理想的とはいえなかった。ジャックは誘拐犯と対決する前に少し時間がほしかった。計画する時間、いや、すくなくとも、狭苦しい区画のなかでなにか役に立ちそうなものを見つける時間が。

ディングの有名な格言のひとつがふと心に浮かんだ。投票権を持つのはいつも敵だ。

ジャックは、まだずきずきする指で濡れたカーペットを手探りして、なにかを探した。なにか役に立ってくれそうなものを。十字レンチか、すくなくとも、迷いこんだねじ回しがほしかったが、彼の指が触れたのは、ぼろ切れとすり切れた布地だけだった。

状況は理想とはほど遠かったものの、それでもジャックはじつに強力な武器をひとつ持っていた――希望だ。ジャックはウィリアム・バックリーにはなかったあるものを利用できた。彼は捕らえられる直前に、〈サウロンの眼〉を起動していた。彼の理解では、そのアプリは彼の携帯電話を電子的なブラックホールに変える。周囲の電磁スペクトルのあらゆる帯域幅のデジタル通信をすべて吸い上げて記録してから、その収穫をギャヴィンに転送する、秘密の収集装置だ。

もし〈サウロンの眼〉が思惑どおり機能すれば、あのハッカーは〈ザ・キャンパス〉の機械学習アルゴリズムにデータを処理させ、ＩＰアドレスや固有識別番号《MACアドレス》、グローバル一意識別子を取りだせるだろう。各目標が捕捉《ほそく》できたら、〈サウロンの眼〉

は各機器のＯＳに侵入してセキュリティを破るように仕組まれたサイバー攻撃を開始する。

もし悪党が〈サウロンの眼〉の近くで携帯電話を持っていたら、ジャックはそれを我が物にすることになる。

ジャックは捕らえられてすぐに携帯電話と泣き別れさせられていたが、彼はハッカーの電子の兵士たちが悪党の機器を一網打尽にしてセキュリティを破っていることに望みをかけていた。最良のシナリオでは、彼を捕らえている連中の携帯電話はいまや実況中継のマイクになっている。

最悪の場合でも、ギャヴィンはいまリアルタイムで連中の居場所を追跡している。

ジャックは、せめてこれが最悪のシナリオであることを願っていた。しかし、最悪であろうとなかろうと、ジャックは、彼の戦友たちが自分の窮状を知っていて、いまも〈ザ・キャンパス〉のかなりの資源を自分の救出に向けているという前提で行動していた。しかし、魔法のような技術はさておき、彼の仲間の工作員たちは、奇跡を起こす人間ではなかった。彼らには救出を実行するための時間が必要で、ジャックはそれをあたえるつもりだった。

すくなくとも、とにかくそれが計画だった。

車が停まり、ドアを乱暴に閉める音がトランク内に響きわたった。ジャックは指を曲げ、足の爪先をもぞもぞと動かして、感覚を失った末端部を生き返らせようとしたが、焼けつくようなピンと針が唯一の見返りだった。残念だが、これで世界が終わったわけではない。いったん縦になれば、重力が血の循環を回復させるのを手伝ってくれるだろう。

そのときまでは、油断なく気を配って、行動を起こす機会をうかがう必要がある。

トランクがばたんと開いて、荒っぽい手がジャックを闇のなかから引きずりだした。まばゆい日差しがすでにうずくジャックの頭を責めさいなんで、アイスピックなみの気遣いで彼の目玉を突き刺した。どういうわけか、外の空気はトランクよりひどい臭いがした。路上できのう車にはねられて死んだ動物を連想させる悪臭がジャックの鼻を詰まらせ、彼の胃袋はあやうく空っぽになりそうだった。懸命に吐き気をこらえながら、ジャックは顔を流れ落ちる涙ごしにまばたきをして、自分の新たな周囲を必死に見ようとした。しばらくのあいだ、ぼやけた世界は、なかなか見分けのつく像を結ぼうとしなかった。

やがて、見分けがついた。

最初、ジャックは思ったとおりのものを目にした――ウェイトレスと彼女のベンチャー資本家のボーイフレンドだ。女はジャックの心拍数を上げるような態度で彼に笑いかけた。それからジャックは工作員たちのとなりに立つ男三人組を見て、ぎくりとした。彼はもはやカンザスにはいなかった。

あるいは、ベイルートにすら。

砂漠の民ベドウィンの〝トーブ〟・ローブと〝シルワール〟・パンツ姿でＡＫ‐47を持った男たちは、自己紹介がわりにジャックの無防備な頭と上半身に一連の打撃を浴びせた。見張りのひとりがジャックを立たせているあいだに、ほかのふたりが拳とライフルの木製銃床をお見舞いした。終わったときには、ジャックは男たちのうちのふたりにささえられ、自力で立つ彼の能力はぶちのめされていた。

情け容赦ない指がジャックの髪をつかんで、ぐらぐらする頭を上に向かせた。

「これはおまえがアパートで殺した男たちの分だ」ウェイトレスは顔をジャックの顔の十センチ以内まで近づけていった。「わたしの部下たちのだよ。さよなら、ジャック・ライアン」

彼女は髪を放し、ジャックは懸命に首を持ち上げて、ウェイトレスと彼女の大物スパイのボーイフレンドがもうふたりのローブ姿の聖戦士をしたがえて歩き去っていくのを見守った。車から引きずりだされて以来はじめて、ジャックは自分の周囲を見て取った。左側には、高さ四メートル半の土盛りまでそなえた、中世の砦《とりで》を思わせるなにかの施設がある。しかし、ジャックをもっとも不安にさせたのは、彼の正面にあるものだった。

死だ。

スティーヴン・キング風の死。裸の木々が何列も、彼の前に広がっている。しかし、それは木ではなかった。十字架だ。無数の死体の腐乱した亡骸《なきがら》で飾られた十字架。

ふくれ上がった腐肉の脳裏に焼きつくイメージとおぞましい悪臭が、ジャックを圧倒した。彼は首を引っこめると、喉を焼く胆汁の奔流を乾いた地面に吐きだした。その罰に彼は後頭部に一撃食らって、脚がゴムのようにぐにゃぐにゃになった。しかし、歩けなくなったからといって、見張りたちは彼を殺戮《さつりく》の野のほうへ引きずっていくのをやめはしなかった。

近づくにつれ、ジャックは最前の評価を変えざるを得なくなった。十字架のほとんどはふさがっている。しかし、すべてではない。切りたての木の棒が三脚付きカメラのわきの地面にころがっている。

そして、ジャックはまっすぐそちらへ向かっていた。

51

シリア、
アル・タンフ前哨基地

「リーパー・セブン、こちらリーパー・フォーティーン、どうぞ」

「セブン、どうぞ」ケアリーは、ささやくというよりもテレパシーで送るような感じで応答した。

最初、ケアリーは、隠れ場所が施設に近いことをジャドが不安がったのを、根拠がないと思っていた。隊員たちが配置されている台地は、建造物のそびえ立つ壁から三百メートルしか離れていないが、施設の宿舎と新たに建設されたトラック置き場をよく見とおせる。

防水シートが依然として頭上に張られていて、ドローンや衛星からＭＬＲＳを隠しているが、ケアリーは完璧に見晴らしのきく地点を確保していた。実際、すでにＧＬＴＤつまり地上レーザー目標表示装置をテストしていて、返ってくる信号に満足していた。隠れ場所はケアリーの好みよりずっと砦の壁に近かったが、位置はひと言でいえば完璧だった。

　あいにく、台地をサッカーの即興試合に使うことに決めた十数名のカルト信者たちも、まったく同じ意見のようだった。サッカーに興じる連中はいまのところ試合に夢中で、五十メートルそこそこしか離れていないグリーンベレー隊員二名には気づいていない。ふたりは、胸の深さまでいそいで掘った穴にうずくまり、偽装網でおおわれていたが、ケアリーには自分の幸運があとどれだけつづくのかわからなかった。

　ケアリーもジャドも過去三十分、まばたきひとつしていなかったが、彼らの隠れ場所は手前側のゴールのすぐ先に位置していた。たまたま、フィールドのこちら側のキーパーはあまり上手ではなかった。遅かれ早かれ、ボールはほんの少し遠くまでころがりすぎるだろう。

　そうなったら、地獄もいっしょにころがりこんでくる。

「リーパー・セブン、こちらリーパー・フォーティーン、一台の車輛《しゃりょう》がたったいま〈ペット・セメタリー〉のところにやって来た。連中はトランクを開けて、新しいお客を降ろした。男はかなりひどい状態だ。連中は男をいま、空いた十字架のほうへ引きずっていっている」

「フォーティーン、こちらセブン、すべて了解。F-15隊が十五分で位置につく。それまで、われわれは発見されるわけにいかない、どうぞ」

「了解した、セブン。理解した。ただし、この男はいつもの容疑者のひとりじゃない。男は見たところ……アメリカ人のようだ、どうぞ」

　ケアリーは血圧が一気に上がるのを感じた。チームメイトの大半と同様、彼はきわめて原初的な心理的要求で特殊作戦部隊に引きつけられていた。彼は、通常部隊ではできないやりかたで悪党どもに直接戦いをいどみたかった。陸軍特殊部隊のモットー、〈デ・オプレッソ・リベル〉は、「抑圧された者を自由にする」という意味であり、ケアリーは何年も前にグリーンのベレーをかぶって以来、さまざまな方法でこのモットーを実践してきた。

　それでも、きわめて神聖と見なされる任務がひとつある――人質救出だ。とくにテロリストあるいはその同類に誘拐されたアメリカ人の人質の救出。この任務一式は、デルタ・フォースが創設された理由のひとつだ。特殊作戦部隊員のほぼ全員が、自分がドアを蹴り開けてアメリカ人人質を救う人間になるかもしれない日を待ち望んでいる。

とはいえ、〈トリプル・ニッケル〉の現在の作戦にかんする任務要旨説明は、かなり明確だった。潜入して、巡航ミサイルから巻き添え被害の可能性を排除し、F－15の小型爆弾を誘導する。もしイラン製ミサイルの弾頭が本当に化学剤あるいは生物剤を搭載していたら、何万人もの人命が危険にさらされる。

それでもなお……。

「フォーティーン、こちらセブン、被害者の顔を写真で撮ったか？」

「セブン、撮っている」

「了解した、フォーティーン」とケアリーはいった。「いったん交信を中断する。リーパー・シックス、こちらセブン」

「こちらリーパー・シックス、どうぞ」とブラウン大尉はいった。

「了解、シックス、われわれはアメリカ人らしき人質を監視していて、さまざまなことから判断すると、あの連中はその男を十字架に釘《くぎ》で磔《はりつけ》にしようとしている。リーパー・フォーティーンが画像を持っている。それを指揮系統の上に伝達してもらえないか？　男は誘拐被害者の可能性があり、われわれにはまだ介入する時間がある」

「こちらリーパー・シックス、すべて受信した。写真を送ってくれたら、なにができるかやってみよう。だが、別命あるまでは、われわれの任務の優先順位はこれから十五分間、変更なしだ、どうぞ」

「こちらリーパー・セブン、確認した。任務を続行する」

ケアリーはもどかしかったが、チーム指揮官のいうことが正しいとわかっていた。彼は自分が手を引けという命令を聞きたくないのと同様、ブラウン大尉はその命令を下したくないだろうと想像した。しかし、彼らはふたりとも兵士で、兵士は命令にしたがうものだ。

胸の振動が、リーパー・フォーティーンからのデータ・ファイルの着信を知らせた。

ケアリーは防弾プレート・キャリアのパウチにおさめた携帯電話サイズのアンドロイド端末を開いた。胸の中央に取りつけられ、無線機に接続された端末は、移動式地図ディスプレーという形の状況認識と、彼のチームが使っているセンサー一式のリアルタイム利用の両方をケアリーに提供する。

ケアリーは写真を見て悪態をついた。アメリカ人であろうとなかろうと、男はぼろぼろの状態だ。ケアリーは、この単純な観測任務がずっと複雑なものになろうとしていると思わずにはいられなかった。作戦が状況説明どおりにいくと思うほど甘ちゃんのグリーンベレー隊員はいない。唯一不変のものは変化というが、この場合、ケアリーは作戦命令から逸脱する機会を歓迎した。

彼は、あの哀れなやつが十字架に磔にされる前に、任務の変更が決定されることを心から願った。

52

ジャックは、人生が走馬《そうま》燈《とう》のように目の前を去来する瞬間の話を人々がしているのを聞いたことはあったが、それを経験したことはなかった。たぶん彼の人生が本当に危機にさらされているときには、生きつづけようとするのにいそがしすぎて、自分の存在を見つめなおしている場合ではなかったからだろう。あるいは、自分がどうやら生き残れないらしいと思う状況におちいったことが一度もないせいかもしれない。

いままでは。

三人の男が、待ち受ける十字架のほうへジャックを運んでいくあいだ、彼には今度こそ逃げ道はないことがわかった。彼には武器も、騎兵隊が馬にまたがって救援に駆けつける望みもない。彼はどこから見ても完全にひとりだった。

彼を捕らえている連中をのぞけば。

踏み固められた土壌を横切って彼を引きずっていく男たちは、あまり無駄口を叩《たた》かなかったが、乱暴にあつかわれることで、ジャックの末端部に血がかよいだした。ピンと針でつつかれる感覚は大部分引いていき、手足に感覚が戻ってきた。必要ならたぶん歩けただろうが、彼はそうしなかった。

処刑人たちには自分がまだ再起不能だと思わせておいたほうがいい。

あいにく、連中に危ない橋を渡る気はなかった。彼の左側のがっしりとした男がジャックのあばら骨にパンチを食らわし、ジャックは衝撃で膝をついた。それから、頭蓋骨の付け根が爆発した。後頭部への一撃は巧妙に放たれ、ジャックの戦意を奪うよりもむしろ、激しい苦痛以外のなにかを考える能力を破壊した。

頭がはっきりしたころには、ジャックはざらつく木の棒の上にあお向けに寝ていた。ひとりの男が彼の手首を横木におさえつけ、もうひとりが腰の上にまたがっている。ジャックはもがいて自由になろうとしたが、手を焼かせたせいで顎にパンチを二発食らった。

するとそのとき、三人目の男が視界に入ってきた。男は仲間たちがジャックを痛めつけているあいだカメラをいじっていたが、いまやパーティの仲間入りをする準備ができたようだ。ジャックは目をすがめて、男が手になにを持っているのか見分けようとした。

ハンマーだ。

くそいまいましいハンマーだ。

ハンマーを持つ男はジャックの左腕のそばでしゃがみこみ、それからジャックは上腕二頭筋に、針でちくりと刺すような冷たい鋼鉄の感覚をおぼえた。

釘だ。

53

「リーパー・セブン、こちらリーパー・シックス」

ケアリーはひっぱたかれたようにぎくりとした。ブラウン大尉が指揮周波数で呼びかけている。つまり、これから話す内容を知るのは大尉とケアリーだけということだ。事態は、おもしろくなろうとしている。

「こちらセブン、どうぞ」とケアリーはいった。

「了解した、セブン、セブン」とブラウン大尉はいった。「こっちはちょっとあやしげなやっかいごとをつかんだ。あの写真はまちがいなくアメリカ人のものだ。もっとはっきりいえば、ベイルートで誘拐されたＣＩＡの工作担当官だ」

「まさか」とケアリーはいった。驚きのあまり、彼は無線交信手順をやぶっていた。

「そのまさかだ、リーパー・セブン。われわれは彼を救出する許可を得ている……あたえられた任務のほうも完了するかぎりだが、どうぞ」

「ウィスキー《W》・タンゴ《T》・フォックストロット《F》（WTFはWhat the fuck「なんてこった!」の頭文字）」ケアリーは首が紅潮しはじめるのを感じながらいった。「いったいそいつをどうやればいいってんです？」

「わかっている」とブラウン大尉は答えた。「ふざけた話だ。上級司令部は自分たちのケツを守ろうとしながら、こっちにそのいやな役回りを引き受けさせるつもりなんだ」

「われわれはどうするんです？」

「そうじゃない、リーパー・セブン。これは、わたしがどうするかだ。現地指揮官として、わたしは戦術的な自由裁量権を少々行使するつもりだ。きみは現場の人間だから、わたしはきみの判断を信頼する。われわれが彼を救えると思ったら、そうしろ。でなければ、例の爆弾を誘導して、あのミサイル発射機が煙を上げる穴になったあとで、あのアメリカ人のためにわれわれにできることをやる。どういうことになっても、責任はわたしが取る」

その瞬間、ケアリーはアレックス・ブラウン大尉のためなら火のなかをくぐっただろう。作戦《O》分遣隊《D》アルファ《A》・チームの指揮官は、まさに将校がそうあるべきようにふるまっている——部下が自分たちのやることをいちばんよくやれるように自由にさせるいっぽうで、そのための障害を事前に取りのぞく。ケアリーは自分の大尉が好きだったが、それでもたったいま自分に配られたカードにそれほど夢中にはなれなかった。

　五百メートル右では、三人組のカルト信者が例のアメリカ人をあお向けにしている。施設の三百メートル内側では、黒い防水シートが砂漠の風にはためき、荷台に角張ったＭＬＲＳを搭載した大型トラックを垣間見せている。五十メートルも離れていない場所では、サッカーの試合が相変わらずつづき、選手たちが彼の隠れ場所のさらに近くまで迫ってくる。ああ、それから、彼のほうへ高速で接近しながら、搭載した小型爆弾をほんの十分以内に投下する用意をするＦ‐15の攻撃隊も忘れてはいけない。

　ケアリーは目を閉じて、さまざまなシナリオを検討し、針に糸を通す方法を見つけようとした。しかし、魔法のような解決策はないことはすでにわかっていた。あのアメリカ人を死なせるか、死なせないか。

　選択はふたつにひとつだ。

　目をかっと開くと、ケアリーは無線送信ボタンを押して、話しはじめた。

「リーパー各隊へ、こちらリーパー・セブン。任務の変更に備えよ」

54

ジャックは咳払いをすると、ハンマー男ののしかかる顔目がけて唾を吐いた。彼の狙いはこれ以上望めないほど精確だった。血の混じった唾液の塊が男の頬に飛び散った。宙に振り上げられていたハンマーが下がって、男は顔の唾を肩でぬぐった。

成功だ。

すくなくとも、ジャックがいま評価できるかぎりにおいては、成功だ。彼が木の棒に釘で打ちつけられていない一秒一秒が、方程式のバランスを変える誰かあるいは、なにかにとって、さらなる一秒となる。救出という大きな計画のなかで、ちっぽけな希望の残り火はたいしたものではないが、ジャックは手に入るものを受け取るつもりだった。

しかし、彼の勝利は長つづきしなかった。

ハンマー男は握った左の拳でジャックの顔を殴った。

釘を握った拳で。

ジャックの上下の歯がぶつかって、口のなかに血があふれた。炎が頬を上から下に焼いて、釘が皮膚に溝をうがった。しかし、頬はジャックにとってたいした関心事ではなかった。ハンマー男はすでに移動して、いまやジャックの前腕を膝で押さえつけている。ハンマーが目にも留まらぬ早さで振り上げられ、ジャックは、自分を処刑するつもりの男の気をそらしてその仕事をやめさせることはできないと悟った。

だから、やってみなかった。

かわりに、ジャックはハンマーが振り下ろされるタイミングを見計らい、ブリッジをして体を木の棒から浮かすと、同時に衝撃の直前に腰を左に振った。

そのとき、金属が肉を切り裂いた。

55

ケアリーは、恐れていた事態がついに起きたとき、送信途中で言葉を切った。相手チームの闘志あふれるフォワードが薄汚れたボールを力強く蹴って、格下のキーパーをするりとすり抜けた。白黒のサッカーボールはほこりの尻尾を蹴立てながら、まるで誘導ミサイルのようにコマンドー隊員の隠れ場所に向かって一直線につき進んだ。

「なにをやるつもりか知らないが、早くやれ」とジャドがささやいた。頰をライフルの銃床にぴったりと押しつけている。

ボールは跳ねながらころがり、キーパーが脚をポンプのように上下させて追いかけてくる。

五百メートル先の別世界では、アメリカ人を木の十字架に押さえつけている殺し屋のひとりが、ハンマーをもう一度振り上げるいっぽうで、ケアリーのアンドロイド端末に表示される近接航空支援《CAS》任務の時計はあと九分三十七秒をしめしている。

日差しがハンマー全体できらりと光って、ハンマーが下向きの軌道を描きはじめた。

サッカーボールが跳ねて、ケアリーの隠れ場所を隠蔽しているメッシュの擬装網に跳びこみ、跳ね返った。

追いかけてきたカルト信者は急停止した。

「ボス？」ジャドはそういいながら、ライフルの安全装置のセレクター・スイッチを〝発射《ファイア》〟にした。

黒い防水シートが風ではためき、ミサイル発射機の森を隠した。

〝誰が生きるのか？〟

〝誰が死ぬのか？〟

「ケアリー！」

「撃て」とケアリーはいった。

56

痛みは強烈だった。鍛造された鋼《はがね》が彼の腕に食いこみ、バターにすべりこむナイフのように、皮膚と筋肉を分かれさせた。ジャックは絶叫したが、彼の頭の理性的な部分は低いどすっという音と、それにつづくハンマー男の驚きのうめき声を心に留めていた。男が前につんのめったときやっと、ジャックは男が後頭部を失っていることに気づいた。

ハンマーがジャックの腕近くの地面に落ちて音を立てた。木製の十字架に釘づけにされたほうの腕の。

〝ついてない〟

時が止まり、残る処刑人たちが斃《たお》れた仲間からジャックに視線を移した。まるで、彼になにか責任があるかのように。それから、もう一度、どすっという音がして、ジャックの腰にまたがっていた男が横に倒れ、その肩から血が噴きだした。

ジャックの腕を押さえつけていた男は身をかがめて、体の輪郭を低くした。

ジャックはやっとどすっという音の意味に気づいた。消音装置付きの高性能ライフルを持つ誰かが、不利な状況を五分五分にしようとしているのだ。ジャックはまだ半分十字架に釘づけにされて、ひとりのイカれたやつが彼の腕を押さえつけ、ひとりの負傷した戦闘員がかたわらの土の上でのたうちまわっている。

しかし、ジャックの脚は自由だった。

痛みをこらえてうめきながら、ジャックは残る戦闘員の首に両脚をまわして、きつく絞め上げた。男はうなり声を上げ、ジャックの脚のあいだに腕をすべりこませて、体をささえようとした。ジャックはマングースのように襲いかかり、その腕を片手でつかむと、自分の胸のほうにひっぱって、戦闘員を変形三角絞めに引きずりこんだ。ジャックが脚の絞めつけを強め、絞め技にもっと圧力をかけると、男の目が飛びだした。

すこしのあいだ、ジャックは相手を圧倒した。

すると、男は自分の左方向に体を揺すって、ジャックの上体をいっしょに引き寄せると、ジャックの肉を十字架に押さえつけている釘に、ふたりぶんの体重をかけた。

痛みは電撃的だった。ジャックが経験できるかぎりの圧倒的な激痛だ。ジャックは絶叫しながら、懸命に絞め技を維持し、太腿《ふともも》とハムストリングで圧迫して、体幹を動員することで腕にかかる重圧を必死にやわらげようとした。

男の目がうつろになった。男はさらに左へ倒れこむと、いっしょにジャックを引き寄せた。

釘の頭が肉に食いこんだ。

これは限界を超えていた。

釘と男の重たい体にはさまれたジャックは、絞め技をゆるめて、腕の負担をやわらげようとした。肩に広がる痛みは薄れたが、男の酸素欠乏の脳に血がふたたび流れだすと、男の目がまばたきした。

それから、戦闘員の顔に浮かぶおびえた動物のような表情が、ほかのものに変わった。

狡猾《こうかつ》さに。

男はうなり声を上げると、両脚を引き寄せて地面を蹴り、体を左右に揺すった。揺するたびに、ジャックの腕はぎしぎしいいながら釘に押しつけられ、激痛が彼の肺から空気を絞りだした。ジャックは痛みにさからって呼吸しようとこころみ、裂ける肉の感覚やシャツを染める血のほとばしりは気にかけないようにした。

しかし、できなかった。

より大きな男は、梃子《てこ》の作用と勢いを味方につけていた。男は刻一刻と強くなり、ジャックのほうは弱くなっていく。

こうなったら思いもよらない手段を使うしかない。

ジャックは勇気を奮い起こすと、両脚を自分の胸のほうに巻きつけて、戦闘員をいっそう引き寄せた。男はそれに応じて、ジャックの右上方に急激に動き、絞め技から完全に抜けだそうとした。しかし、ジャックは男の動きを抑えるのではなく、それを増大させた。変形キッピング・エスケープの要領で、両脚を真上に蹴り上げ、男の勢いを利用して、体を上向きにねじった。

肉がぞっとするような裂ける音とともに金属から引き離され、ジャックはあやうく気絶しかけた。彼は釘が打ちこまれる直前、意図的に体をずらして、傷が骨をつらぬくのではなく、三頭筋に近い腕の肉付きのよい部分に来るようにしていた。

それはうまくいっていた。

ある程度は。

血がほとばしり、腕が裂けて自由になった。

突然抵抗を失った戦闘員は、よろめきながら立ち上がった。ジャックの両脚はまだ羽根の襟巻きのように男の首にかかっている。柔術の純粋主義者なら、また三角絞めをかけただろうが、ジャックは武道家ではなかった。

彼は乱闘家だった。

だから、攻撃側がジャックの脚を首からはずそうとして貴重な数秒を無駄にしているあいだ、ジャックはその時間をもっと差し迫った問題に振り向けた。

ハンマーを見つけるという問題に。

右手でハンマーをつかんだジャックは、その道具を小さく振りまわして、戦闘員の膝に命中させた。骨が金属にぶつかって砕け、男は悲鳴を上げると、ジャックの脚のことも忘れて地面に頭から倒れこんだ。ジャックは戦闘員に馬乗りになって土に押しつけると、打撃の雨を膝から太腿、腕へと降らせていき、そして最後に究極の目標にたどりついた。

頭だ。

二発お見舞いすると、方《かた》はついた。

ジャックはやっとのことでふらふらと立ち上がった。血が大粒のしずくとなって蛇行しながら腕をつたい落ちていく。さしあたり、等量のアドレナリンとショックが彼を最悪の苦痛から守っていた。しかし、この気まぐれな味方たちはじきに忠誠を異にするだろう。

流れだす血を止めなければならない。

いますぐに。

ジャックは真っ赤な血の跡を腕の上のほうへたどって、ごくりと唾を呑《の》んだ。シャツは血で固まり、傷口を一部見えなくしていたが、それでも三頭筋の全長にわたって走るぎざぎざの裂け目が見えた。ジャックは歯を食いしばり、ぼろぼろのシャツを応急の圧迫包帯に変えて、布地を傷ついた腕に巻きつけると、片手で結び目を作って止めた。

間に合わせの圧迫包帯に最後の仕上げをするあいだ、ジャックは自分がなにか忘れているような不安な感じをおぼえた。ざあざあいう空電のように、彼の生存本能が叫びかけていたが、ジャックには理由が理解できなかった。頭がくらくらするせいで集中するのがむずかしく、彼はふらふらしながら体を回転させた。

そのとき、彼は理解した。

第三の攻撃者だ。

ジャックは姿なき狙撃手の第二の犠牲者を忘れていた。肩を負傷した戦闘員だ。忘れられた男はいまや立ち上がって、ジャックと向き合っている。片腕は力なくわきに垂れているが、もういっぽうの腕はＡＫ－47をピストルグリップでかまえている。

銃を持つ男は三メートルほど離れていた。ジャックが一気に距離を詰めるには、たとえ彼にエネルギーがあったとしても、かなり遠すぎる。男が片手でライフルを撃つには、じゅうぶんすぎるほど近い。銃口がふらついて、戦闘員はショックと失血と戦っていたが、この距離では、目隠しされて撃っても、ジャックの胸骨を撃ち抜けただろう。

ジャックは雄叫《おたけ》びとともにハンマーを投げつけ、必然的な胸への一撃を待ち受けた。それが襲ってくることはなかった。かわりに男の頭が脳物質と血糊《ちのり》を飛び散らせながら粉々になり、ジャックのハンマーは打撃をあたえることなく飛び抜けた。

ジャックは戦闘員がくずおれるのを呆然《ぼうぜん》と見つめた。つぎの瞬間、彼のパンクしそうな脳味噌が、破壊にともなう鈍いどすっという音と、音の壁をやぶるライフル弾のもっと特徴的なぴしっという音を認識した。

音の方向をふりかえったジャックは、感謝の印に片手を上げた。

それから、死んだ男のＡＫ－47をつかむと、施設のそびえ立つ壁と向き合った。ジャックは生きていたが、もちろんこれで終わりのはずはなかった。なんとかしてベッカとトミーを見つけるつもりだった。ふたりがどこにつれていかれたかはわからなかったが、ジャックはそれを知る人間を知っていた。

そして、その連中は施設のなかにいる。

ジャックはAK‐47を膝のあいだにはさむと片手でボルトを引いて、弾薬が薬室に送りこまれるのを確認し、それから銃の安全装置をかけた。

計画にかんするかぎり、これは彼の最良の計画とはいえなかった。しかし、SEAL隊の友人たちがいうように、楽な日は昨日だけだ。ただし、昨日もそれほど楽勝ではなかったが。たぶん明日はもっと運が向いているだろう。

もしそんなに長く生きていればだが。

57

「われわれの貴重な貨物は手に入ったか？」とケアリーはいって、ライフルを肩に押し当てた。

「手に入った」とジャドはいった。「あいつは血の気が多い野郎だよ。おれが悪党をふたり仕留めて、三人目はあいつがハンマーで始末した。おい、待てよ。あのイカれた野郎はなにをするつもりだ？」

ケアリーは〈ペット・セメタリー〉を横切ってスコープをパンし、ちょうど男がふらふらと立ち上がるのを目にした。

「向きを変えるんだ」ケアリーはそういって、意志の力であのアメリカ人を砂漠とA《アルファ》チームの残りの隊員たちという形をした安全のほうに向き直らせようとした。「向きを変えて、そこからさっさと逃げだすんだ」

しかし、アメリカ人はそこからさっさと逃げださなかった。かわりに、毛から水を振りはらう犬のように二度、頭を振った。それから肩を怒らせて、片腕を肩からぶらぶらさせたまま、施設に突入した。

ケアリーは、自分の観測手改め狙撃手が対処するのを待つことなく、わずか十メートル先の上半身裸の男を無視した。男は、七十五メートル離れた男たちのために、隠れ場所をまだ信じられないように凝視している。男たちは、脱ぎ捨てたシャツの横にきちんと積み上げられたままになっているＡＫ－47の山のほうへ走っている。

ジャドのライフルは消音装置がついていたが、完全に無音ではなく、サッカーに興じていた男たちのすくなくともひとりは、その音がなんであるかを認識した。ケアリーは深呼吸をすると、ホログラフ式照準器の中心に浮かぶ赤い点をライフルの山にいちばん近い男に合わせ、引き金を引いた。

ライフルが跳ね返った。

男は地面に倒れた。

そして、大混乱がはじまった。

58

「どうかお掛けください」脂《あぶら》ぎった髪の男はそういうと、壁ぎわに置かれた二脚のキャンプ椅子を指ししめした。「導師はじきにお見えになりますから」

ダリエンはエカチェリーナに視線を向けると、それから手近の椅子に腰を下ろし、彼女は部屋の遠い側の椅子を選んだ。

細心の注意をはらって建設された砦にしては、調度類はややみすぼらしかった。施設の防備を固める防壁は鉄筋コンクリート製で、正面には何トンもの岩と土がブルドーザーで積み重ねられている。出入り口には、銃を持った有能そうな男たちと、班で操作する重火器が配備されるいっぽうで、高価な監視カメラが戦略的に配置され、高速接近路を監視している。

施設のすぐ内側の車輌置き場は、整備の行き届いた車輌群の展示場だった。その多くは、重機関銃や無反動砲、あるいは擲弾《てきだん》発射銃を装備している。ダリエンはアメリカ製の各種のハンヴィーにさえ気づいた。兵器と装備にかんするかぎり、カルト集団は出費を惜しんでいなかった。

座り心地のよい椅子やカウチについて、同じことはいえなかった。

ダリエンは体重を移動させて、くつろごうとした。エカチェリーナも身をよじったが、ダリエンはそれが臀部《でんぶ》への負担をやわらげるためではなく、隠し持った拳銃をすばやく抜けるような位置に持っていくためだろうと想像した。

彼女をとがめているわけではない。

ダリエンは、施設に住むイカれた男が、中東のパワーバランスを永久に変えるというアフマディ将軍の同じぐらいイカれた計画で超特大の役割を演じていることを知っていたが、将軍の手先どもと顔を合わせるとは想像もしていなかった。ダリエンはシーア派に触発された神権政治下のイランで育ったが、同年代の多くのイラン人同様、それほど敬虔《けいけん》ではなかった。彼が情報工作員としてやったことは、祖国をよくするためで、国を支配する権力の亡者《もうじゃ》たちのためではなかった。

しかし、この施設は、アヤトラとその一派がもし好き放題にしたらイランがそうなってもらいたいと願うものの結晶のように思えた。アッラーの声を直接聞く少数の選ばれた人間が大衆に指示をあたえ、大衆は命じられたとおりにするほかない。ダリエンの考えでは、この愚か者たちはまちがいなく目的のひとつをすくなくとも達成するだろう。ここは壮大な戦いの場となる。ダリエンはそう確信していた。

彼はそれが起きたとき自分がここにいる気は毛頭ないことも同様に確信していた。

「ああ、ダリエン、来てくれて感謝する。旅が快適なものであればよかったのだが」

部屋に大股で入ってきた男が発する人を引きつける力は、明白だった。自分がそのふりをしているイマームの生まれ変わりのように見せるために、伝統的なローブと黒いターバンをわざわざ身につけていたが、その衣装の質には粗末なところはなにひとつなかった。あきらかに質素な調度品でけちって貯めこんだ金は、メフディ・フッセイニ本人に投資されていた。

とはいえ、千二百年の不在のあとで再生したイマームにはそれらしく見える必要があるのだろうと、ダリエンは思った。

これまで出会ったほかの男性カルト信者と同様、フッセイニはエカチェリーナの存在を微塵《みじん》も認めることなく彼女を通りすぎた。砦の四つの壁の内側では、女性は、見られてもその声を聞いてもらえない部類に入ることさえ認められなかった。その栄誉は子供たちのものだ。ここでは、家事と生殖以外では、女性は存在しないものだった。

エカチェリーナは感謝の言葉をかけられなかった。なぜならこのネアンデルタール人どもにとって、彼女は存在しないからだ。

「まあまあ快適でしたよ」ダリエンはそういって立ち上がり、手を差しだした。「しかし、予想外だったことに変わりはない」

「おや」とフッセイニはいった。「どうしてかね？」

「わたしはもともと、あのアメリカ人をあなたの部下たちにとどけることになっていた」とダリエンはいった。「自分でここにつれてくるのではなくね。なぜ計画が変わったのか気になりますね」

ダリエンは気になっただけではなかった――カルト指導者がなにを考えているのか理解しようと必死だった。あるいは、たぶんもっと重要なことに、カルト指導者の人形遣いであるアフマディ将軍がどんな新しい陰謀をたくらんでいるのかを。もし彼の目的がたんにダリエンの死であれば、コッズ部隊の司令官はフッセイニの子分たちに、詮索の目から遠く離れた砂漠のど真ん中で仕事を片づけろと命じることもできたはずだ。

いや、なにかべつのものがここにかかわっている。ずっと油断ならないなにかが。

ダリエンの要求で、エカチェリーナは、アメリカ人科学者とその息子を捕らえているベイルート市内の隠れ家を監視下に置いていたが、まだ母子を取り戻すために自分の傭兵《ようへい》たちを送りだしてはいなかった。あの古狐の立場になって考えたダリエンは、アフマディが自分のコッズ部隊の子分たちとなんらかの定時連絡の手順を用意していると思わざるを得なかった。

イランの貨物船はあと数時間、入港しないはずだ。それはつまり、ダリエンがこのゲームを手抜かりひとつなくプレイしなければならないということだ。早く動きすぎれば、アフマディは自分が裏切られたと知るだろう。あのイラン人のことはわかっているので、やつはおそらくダリエンが新しい雇い主に提供しなければならないもっとも貴重な品に復讐《ふくしゅう》するだろう――アメリカ人科学者に。しかし、長く待ちすぎれば、ダリエンはさらに重要なものを失う危険を冒す。

自分の命を。

「あの計画は変わっていないよ」とフッセイニはいって、顎をおおう豊かな黒い髭《ひげ》を掻《か》いた。「よりよくなっただけで」

「どういうふうに？」とダリエンはいった。

部屋の反対側の忘れられた片隅では、エカチェリーナが組んだ脚をほどいて、両足を床にぴたりとつけた。一瞬、彼女の淡いブルーの瞳がダリエンの目と合った。それから彼女は、なにが起きているのか見当もつかないように、目をそらして宙を見つめた。

ダリエンはこの場にふさわしい無関心な表情をつづけていたが、心拍数は跳ね上がっていた。エカチェリーナはぴりぴりしていない。もし彼女も張り詰めた空気を感じていたら、なにかがおかしいのだ。

「きみは信者かね？」とフッセイニはいった。その褐色の目がまるで考えを読み取ろうとするかのようにダリエンの目をのぞきこむ。

「もっと具体的にいってもらわないと」とダリエンはいった。「わたしはたくさんのことを信じていますよ」

ダリエンは屈託のない口調をたもちながら、距離を判断した。ベルトに隠した拳銃から手までの距離。フッセイニの左右に立つふたりのならず者と自分の背後のドアとの距離。

そして、もっとも重要な、車までの距離。

全体的に、距離は彼に味方していなかった。

それは変える必要がある。

「わたしをだ」とフッセイニはいった。「わたしが十二イマームのひとりの生まれ変わりだと信じているかね？」

カルト指導者はその質問を、人が天気についてたずねるのに使うような、なにげない口調で聞いてきた。ダリエンはだまされなかった。これはまさに、彼がそもそもアフマディの狂った陰謀にかかわることについてイラン情報省《MOIS》の上司たちに警告した種類の妄想だった。残念ながら、ここでも将軍が勝利をおさめていた。アフマディは少しけしかければ、カルト集団を説得して、アメリカの脇腹に刺さった棘《とげ》にならせることができると信じていた。いまかいまかとマッチを待つ狂信者の火薬樽《かやくだる》に。

当時、コッズ部隊の司令官は、さらに賭け金をつり上げながらその過程で中東全体を作り変える方法を思い描いていた。結局のところ、もしカルト信者たちがアルマゲドンの引き金をどうしても引くつもりなら、連中が目的を達成するのを手伝ってやろうじゃないか。アフマディがイランの最高指導者に辛抱強く説明したように、カルト信者の行動は、たとえ失敗しても、アメリカ大統領に対応を強いることになるだろう。大統領はアメリカ軍のシリアへの軍事展開を強化するという不人気な決断を下すか、あるいはこの地域を完全に放棄せざるを得なくなるだろう。

いずれの結末も勝利だが、アフマディの考えでは、アメリカ軍のシリア占領が究極の戦利品だった。アメリカ軍をもうひとつの勝者なき戦争に引きずりこむのにくわえて、このシナリオは、アフマディがイラクで完成させたものを足がかりにすることができるだろう――アメリカ軍人の大量殺戮を。

しかし、もしフッセイニと彼の馬鹿者一座が実際に成功したら、シリアは、イランの最大の敵を爆心地にして中東全域を包みこむ火事場嵐の引火点になるだろう。どうやら、この大胆な計画でさえアフマディには物足りなかった。火薬樽の導火線にただ火をつけて最善の結果を願うよりも、将軍はアメリカの反応を確かなものにしたかった。

この点で、アメリカ情報局員のライアンは、願ったりかなったりだった。彼をカルト信者たちに引き渡して拷問させ、処刑させることで、アフマディはつぎになにが起ころうと、フッセイニがアメリカの標的を背中にくりつけることを確実にするつもりだった。

そしていま、ダリエンは標的のどまんなかに立っていた。

「わたしが信じているのは、自分がアメリカ人をあなたのところにつれてきたということだ」とダリエンはいった。「そしていまは、これでもうお別れだと信じている」

「ああ、もちろんだとも」フッセイニはそういって、にこやかに笑った。彼の白い歯は炭のような黒い髭と驚くほどの好対照をなしていた。「だが、まずきみに立ち会ってもらいたいものがあるんだ」

ダリエンの頭に、アメリカ人と礫場が浮かんだ。もちろんだ。アフマディは、最後の教訓をダリエンにあたえたがるだろう。自分の不興を買った者たちに将軍がふるうことができる権力についての教訓を。ダリエンのさらなる服従をたしかにする手段だ。フッセイニのカルト信者たちがアメリカ人の残酷な死をビデオにおさめるだけではじゅうぶんでない。ダリエンの強敵であるコッズ部隊司令官は、彼がそれをじかに見守ることを望むだろう。

「なにをわたしに見せたいのかな?」ダリエンはすでに答えがわかっていると思いながらいった。

彼は考えちがいをしていた。

59

ケアリーのＦＮ製ＳＣＡＲ-Ｈライフルはインターセプター消音器を装着しているが、七・六二ミリ弾はそれでも、音の壁をやぶるとき、はっきりとわかるぴしっという音をたてる。そうはいっても、依然として、フルオートマティックのＡＫ-47の銃声より断然静かだ。

わずか七十五メートル先でうなりを上げる一梃《ちょう》のような。

ケアリーは並はずれた射撃の名手で、サッカーに興じていた最初の三人を、彼らがＡＫ-47の山にたどりつく前に倒した。しかし、彼も人の子だ。四人目は、ケアリーが思ったのと逆方向に走り、カルト信者の心臓を狙った銃弾はかわりに肩に命中した。男は地面に倒れこみ、積み上げたライフルを押し崩した。ケアリーは男のうつぶせの姿に向かってさらに二発放ったが、その前に戦闘員はＡＫをつかんで、引き金を引いた。ライフルはケアリーの頭ごしに弾倉半分をむなしく撃ちつくしたが、損害はあたえられた。いまや施設内の兵隊たちは全員、なにかおかしいことを知っていた。

兵士たちが蟻塚《ありづか》を守る火蟻《ひあり》のように入り口の門から出てきた。

ケアリーは分析のような精確さで標的を選ぶと、赤い点を兵士から兵士へとパンして、各弾を確実に命中させた。しかし、風に向かって小便するようなものだった。なにしろ数が多すぎた。

これではうまく行きそうにない。

するとそのとき、ジャドがごぼごぼと喉を鳴らした。ケアリーが目をやると、彼の親友の観測手が隠れ場所の縁ごしにぐったりと前かがみになっているのが見えた。どんどん広がる赤い金的《ブルズアイ》が彼のシャツを染めている。ケアリーは背負い紐《スリング》でライフルを肩からぶら下げた。ジャドをつかむと、ぐったりとしたグリーンベレー隊員を、隠れ場所の土壁が作る比較的安全な場所へ引きずっていった。

それから、無線機の送信ボタンを押した。

「リーパー各隊へ」ケアリーはジャド本人の外傷キットから圧迫包帯を夢中でつかみながらいった。「こちらセブン。アヴァランチ、アヴァランチ、アヴァランチ」

無線は興奮した声で活気づいたが、ケアリーは応答しなかった。

彼は友の命を救おうとするので手いっぱいだった。

ブライアン・マーティン一等軍曹は、チーム先任下士官のアヴァランチ信号をわざわざ確認はしなかった。背後に聞こえるＡＫ‐47の銃声だけで確認にはじゅうぶんに思えたからだ。かわりに彼は手袋をした指で目の前の液晶ディスプレーの画面に表示されたリーパー・セブンのアイコンをつついた。彼の足の下で、砲の油圧式サーボモーターが百二十ミリ砲を要請された方角に回転させた。

もともと二〇〇九年十月にアフガニスタンの戦闘前哨基地キーティングで起きた悲劇に応えて開発されたＥＭＴＡＳ、つまり高性能迫撃砲標的システムは、戦術コンピューターによって管制されるＧＰＳ制御の百二十ミリ迫撃砲システムだ。迫撃砲は三六〇度の射界内にある複数の目標に十秒未満で対処できる。この恐るべき武器の生まれ変わりでは、砲架はＪＬＴＶつまり統合軽戦術車輛と呼ばれる平ボディ四輪トラックに搭載されている。形態はハイテクというより〈マッド・マックス〉を思わせるが、ブライアンは気にしなかった。特殊部隊に勤務して以来はじめて、彼は自分のチームだけに配属された機動式の専用支援火力を手に入れたのである。

そして、彼はそれをとてつもないやりかたで使用するつもりだった。

「アヴァランチ」とブライアンはいった。「射撃任務。榴弾《りゅうだん》、瞬発信管。効力射五発。

装薬二」

両側では、ブライアンの仲間の砲班員であるグレッグ・グラス、ジェフ・ミシュラー両二等軍曹が、すでに動いている。砲側の山から十六キロの迫撃砲弾をつかむと、グレッグは、砲弾を肩に担《かつ》ぎ上げ、信管の種類と装薬量、弾種を確認した。ジェフは二発目を持ってそのとなりに立つ。

射撃号令を待つ。

ブライアンは砲身の方位角を自分のコンパスで確認し、目標の座標値をダブルチェックして、砲の目標線上に障害物がないことをたしかめる。

この三つの作業は合わせて数秒しかかからなかった。

「撃ちかた用意」とブライアンはいった。「装塡《そうてん》待て」

「榴弾」とグレッグはいった。「装薬二、瞬発信管」

ブライアンは、グレッグが選んだ弾種と信管、装薬の組み合わせが自分の要請したものと一致していることを最後に確認する。それからグリーンベレー隊員は、彼らが全員待っていた命令を下した。

「撃て」

グレッグは砲弾をぽっかり開いた砲口に落とすと、いまは空っぽになった手を砲身にそってすべらせながら身をかがめた。ブライアンもそれにならって、戦術コンピューターが作りだすわずかばかりの物陰の下に身を丸めながら、無線機の送信ボタンを押して、「砲弾発射」といった。

つぎの瞬間、砲が火を噴き、迫撃砲弾が空に舞い上がった。反動は二・三トンのトラックをサスペンションの上で揺さぶるほどだったが、三人は気づかなかった。

彼らは迫撃砲の腹をすかせた口に砲弾をあたえるのにいそがしすぎた。

60

「わたしは世界の終末をきみに見せたいのだ」とフッセイニはいった。

「申し出には感謝するが」とダリエンはいった。「やはり、辞退しなければならないだろうな」

「ああ、だが、わたしはゆずらないよ」とフッセイニはいった。「というか、より正確にいうと、アフマディ将軍がゆずらないんだがね」

カルト指導者が話すあいだ、彼のふたりのボディガードは胸に下げたライフルをいじっていた。そのしぐさの意味は、そう深く考えなくてもわかった。ダリエンはフッセイニから目をそらさなかったが、注意はすべてボディガードたちに集中していた。彼の唇は相手の言葉に見合った反応を見せたが、彼の心は角度と時間を計算していた。とくに、ボディガードたちを阻止するのに要する時間と、彼らを亡《な》き者にするのに必要な一弾の角度を。

計算結果は心強いものではなかった。

ふたりとも、完璧に調節された三点式の実戦向きの背負い紐《タクティカル・スリング》を使っている。どちらのボディガードも、ダリエンが隠し持った拳銃をかまえるよりはるか以前に、ライフルをまわして射撃位置に持っていく時間が悠々あるだろう。もし戦力比が一対一だったら、ダリエンは一か八かやってみたかもしれない。しかし、ふたりのボディガード相手では、計算が合わない。どう考えても、警護のひとりが一弾を放つだろう。

もしかすると、ふたりともが。

この距離では、二発は多すぎる。

男たちの背後で、エカチェリーナが飽きてあくびをした。

訓練されていない目には、彼女はお気楽の典型だった——日だまりでまどろむ猫だ。しかし、ダリエンにとっては、ロシア娘のしなやかな体は、緊張を発していた。エカチェリーナは方程式を変えたが、じゅうぶんではなかった。差は依然としてわずかすぎた。ダリエンにはふたつの選択肢があった。その一、椅子を引き寄せて、イカれた連中が世界の終わりをもたらすのを見守る。あるいは、その二、力のバランスを変えるなにかをする。

彼は、その二を選んだ。

「では、よろこんで、お言葉に甘えるとしよう」とダリエンはいって、カルト指導者のほうへ一歩踏みだしながら、前腕にベルトで留めたカーボンファイバー製の刃物をゆるめた。

「すばらしい」とフッセイニはいった。その驚いた表情からは、ダリエンがべつの選択をすると思っていたのがうかがえた。「おまえの小鳥たちを発射するんだ」

　カルト指導者はその命令を、部屋で唯一の戸口近くでうろうろしていた筋張った男に向けた。ダリエンは最初、男を首席補佐官かなにかそのようなものと片づけていた。男はどことなく蜂鳥《はちどり》を思わせ、ほっそりとした指はたえず動いていた。

　フッセイニの声に、男の顔がぱっと明るくなった。腰の携帯無線機をはずすと、送信ボタンを押して、一連の命令を発した。ダリエンには男がなにをいったのか正確にわからなかったが、それがどこへ向かっているかはわかった。彼はエカチェリーナのほうへ目を走らせた。

　それから、フッセイニのほうへ動いた。

「イマーム、わたしは——」ダリエンはそういって、室内の目を自分に引きつけた。

　隅でのんびり座っている忘れられた女についている淡いブルーの目以外は。

　フッセイニにいちばん近いボディガードがすぐにダリエンとカルト指導者のあいだ

に割りこんだ。もしこれが混みあったバグダッドの通りで、ダリエンが騒々しいデモ参加者だったとしたら、正しい判断だ。しかし、これはそうではなかった。ダリエンがフッセイニに近づくのをさえぎったことで、ボディガードは不注意にも仲間の警護員の射線に足を踏み入れた。ダリエンが先《せん》に出会ったイスラエルの警察官たちと同じように、ボディガードはダリエンの意図を完全に誤解していた。

ダリエンは右手を差しのべて男の目を引きつけると、左手首をすばやくひねった。腕に留めてあった刃物が彼の指のあいだにすべりこんだ。

「止まれ」ボディガードはそういって、両者の距離をいっそう狭めた。

ダリエンは困惑の表情を顔に貼りつけて、命じられたとおりにした。心のなかでは、ボディガードがナイフのとどく距離内に移動して、のばした手をダリエンの胸に押し当てたことに、にやりとした。

なにもかもが計画どおりに進んでいる。

まさに世界が爆発した瞬間までは。

61

「砲弾発射」の連絡で、ケアリーはジャドの上に体をのばし、負傷した男をできるかぎり守った。空から雷が落ちたとき、ケアリーには穴をもう少し深く掘っておけばよかったと思う時間しかなかった。

「穴をもっと深く掘っておくべきだったな」ジャドがケアリーの考えをそのまま口にした。いつもは褐色の顔が失血のせいで驚くほど白っぽくなっていたが、それでもジャドはなんとか笑ってみせた。

「いつも手遅れになってから文句をつけるやつだな」とケアリーはいって、ジャドの肩の圧迫包帯を締め上げた。砲弾がもう一発炸裂《さくれつ》して、ふたりに砂と小石を浴びせた。銃創は完全に貫通しているように見えたが、ケアリーはいますぐ自分の幸運な点を数え上げはじめようとはしなかった。

「リーパー・セブン、こちらリーパー・トゥウェルブ、撃ち終わり」

「リーパー・セブン、了解」とケアリーはいって、ブライアンの送信の受信確認をした。ＳＣＡＲの銃口を先にして、ケアリーは土盛りの上に頭をつきだした。

地獄の業火《ごうか》が待っていた。

小翼《フィン》で安定する百二十ミリ弾には、破砕する金属製弾殻におさめられた高性能爆薬が詰まっている。砲弾が炸裂すると、超高温ガスが音速の数倍で外向きに膨張し、金属製の弾殻を二十メートル以上の致死半径を持つ破片へと変える。

最初の五発の砲弾はじゅうぶんすぎるほどの仕事をした。

先ほどサッカー場に戦闘員がうようよいた場所には、いまや見分けのつかない肉片しか残っていない。二百メートル先では、施設の正門が、ぼろぼろの蝶番《ちょうつがい》から酔っぱらったようにぶら下がっている。地面からは渦巻く灰色の煙が立ち上り、それにともなう悪臭と血糊はダンテの『神曲　地獄篇』から抜けだしてきたもののようだ。もはや隠れ場所が制圧される恐れはなかった。

これはよい知らせだ。

それほどよくない知らせは、カルト信者たちが班で操作する重火器に取りつくために施設の壁にそって走っていて、エンジン音が空気を満たしていることだ。ケアリーは、効力射の砲撃によってもたらされる混じりっ気のない暴力が、カルト信者を平定する効果をもたらすのではないかと願っていた。

そのかわりに、施設は棒でつつかれたばかりの蜂の巣のような様相を呈していた。

「どんな具合だ？」とジャドがささやいた。

ケアリーが答えようとしたとき、無線が彼をさえぎった。

「リーパー・セブン、こちらリーパー・サーティーン。七区で活動あり。くりかえす、七区で活動あり」

七区。発射台だ。

まずい。

「サーティーン、こちらセブン」とケアリーはいった。「もっと具体的に説明できるか？」

「了解した、セブン。何組もの男たちがトラックに駆けていって、防水シートをはがしている。発射するつもりだと思う、どうぞ」

「すべて受信した」とケアリーはいった。「リーパー・トゥウェルブ、即時制圧せよ。目標照準点ブラボー・ナイン」

「リーパー・トゥウェルブ、ブラボー・ナイン即時制圧を確認」

ケアリーはブライアンが目標照準点《TRP》を選び、砲がそれに応じて油圧式砲架で回転するのを頭に思い描くことができた。噂《うわさ》によれば、ＥＭＴＡＳを動かす自動システムは、レインジャー連隊に所属する世界第一級の迫撃砲手よりも速く砲を照準できるという。人生ではじめて、ケアリーは人間対機械の長年の競争で機械側を応援している自分に気づいた。いまごろグレッグは一発目の砲弾を砲口の上にぶら下げているはずだ。

　じきだろう。

「セブン、こちらトゥウェルブ、砲弾発射、どうぞ」

「砲弾発射、通信終わり」ケアリーは目を目標地域に貼りつけたまま無意識に答えた。

　トラック置き場では、ミサイルを収容する円筒形の容器がセミトレーラーの後部から起き上がっている。死を招く積載物が空を向き、群がる男たちの集団が発射筒から覆《おお》いをはぎ取り、残っている防水シートをミサイルの飛行経路から取りのぞく。

「弾着、どうぞ」

「弾着、通信終わり」とケアリーはいった。

　目標地域は、砲弾が神の鉄槌《てっつい》のように天から降ってくると、オレンジと黄色の閃光《せんこう》とともに爆発した。誘爆が中間準備地域を引き裂き、班で操作する重火器と死体がくるくるとまわりながら空に舞い上がる。ねっとりとした濃い煙が、コバルト色のキャンバスにこぼれた墨のように真っ青な空に沖《ちゅう》した。

「セブン、こちらトゥウェルブ、撃ち終わり、どうぞ」

ブライアンと彼の迫撃砲班員たちは正確に目標に命中させていた。

しかし、彼らは一秒遅くもあった。

四発の電柱サイズのミサイルが空へぐんぐんと上昇し、うねる炎の海をその航跡に残した。

62

ダリエンが耳をつんざく雷鳴の意味を理解するのには一瞬を要した。それから、自動火器の射撃音が状況を明確にした。誰かが施設を攻撃している。その誰かは、直接射撃と間接射撃の両方を使った襲撃を連係させるのに必要な能力を持っている。

アメリカ人だ。

そうにちがいない。

予期せぬ騒音は、全員の関心を爆発源のほうへ向けた。そう、ほぼ全員の。ダリエンはうなり声とともに、ナイフを先頭のボディガードの首筋に突き刺し、刃をねじって、ぞっとするような傷口を開いた。血が男の首から噴水のように噴きだしたが、ダリエンは男を無視した。

ボディガードはすでに立ったまま気絶していた。

かわりにダリエンは、あえぐ男をすり抜けて、仰天する彼の警護対象者と向き合った。ダリエンがフッセイニと知り合って以来はじめて、聖職者は自信たっぷりな様子には見えなかった。いつも目から放たれている燃えるような自信は消え、そのカリスマ的な顔とはまったく異質の表情がかわりに浮かんでいる。

　恐怖だ。

「待て」とフッセイニはいった。その手が驚いた鳥のようにおろおろとポケットにのびた。「わたしは――」

　カルト指導者がつぎになにをいおうとしていたにせよ、それは永遠に失われた。

　いや、もしかするとそうではないかもしれない。

　もし彼が本当にイマームの生まれ変わりなら、まちがいなくさらに千年後か二千年後によみがえるだろう。とはいえ、フッセイニの雄弁な演説は、ダリエンが彼の喉にいくつか穴を開けた後では、ずっと聞き取りづらくなった。

　こうしてダリエンの足もとには、断末魔で苦しむふたりの男がいた。

　ダリエンは聖職者からふりかえったが、エカチェリーナはもはや椅子にのんびり座っていなかった。元ロシアＳＶＲ局員はかわりに、無線機を持った骨張った男の喉を絞め上げて、命を奪おうとしていた。彼女は炸裂する砲弾の隠れ蓑《みの》を利用して、デリンジャー式拳銃の両方の銃身を発砲して、ふたり目のボディガードを肉の塊に変えていた。

あいにく、それで聖職者の個人助手に向ける弾がなくなってしまった。だが、弾薬がないからといって、ロシア娘はひるんだりはしなかった。かわりに、逃げる男に飛びかかって、いま裸絞めをかけているところだ。すでに男の抵抗は弱々しくなっている。数分で、蜂鳥のような男は、来世で聖職者と合流するだろう。

しかし、ダリエンにはその数分がなかった。

「そいつを放すんだ」ダリエンはそういって、エカチェリーナの肩を叩いた。

すこしのあいだ、彼女はいぶかしげな顔で彼をただ見つめていた。それから絞め技をほどき、ころがって離れた。

いましも閉じようとしていた男の目が、まばたきをして開いた。そのおびえた表情が、感謝へと変わった。彼は口を開いたが、自分の死んだご主人さまとほとんど同じ理由でしゃべれないことに気づいた。

ダリエンは死にゆく男のシャツでナイフをぬぐうと、袖のなかにふたたびすべりこませた。

それから恋人を引っぱって立たせた。

「これからどうするの？」とエカチェリーナはいった。彼女の口調に、ダリエンはぞくぞくした。

「自由さ」

63

地中海、イスラエル制限作戦空域アルファ

「全編隊、こちら編隊長、中止せよ。くりかえす、中止せよ」

「デイジー、受信した、中止する」

ナタリー・〝デイジー〟・スミスは、飛行ヘルメットから酸素マスクをはずすと、にやりとした。声から判断すると、編隊長はかんかんに怒っていた。むりもない。彼女はたったいま、二回つづけて彼を徹底的にぶちのめしたからだ。

一回目は、ナタリーはイスラエルの同輩への敬意から自重して、空中戦を必要より数分間、長引かせるのを許した。しかし、自信満々のイスラエル軍パイロットは、第二回戦ではわずか九十秒間しか持ちこたえられなかった。

ナタリーは連勝だった。

正直なところ、彼女は編隊を解いてから三十秒以内に相手を仕留められただろうが、そうしなかったのだ。彼女は連絡パイロットであり、彼女の仕事はアメリカ空軍とイスラエル空軍との協力関係を強化することだった。そうするためには、のっけから彼らの最優秀パイロットを撃墜するわけにはいかない。

第二回戦は彼の奢《おご》りだった。二機の戦闘機は反航戦で空中戦を開始し、イスラエル軍パイロットは分かれてから旋回に入る前に一瞬長く躊躇《ちゅうちょ》しすぎた。これは愚かなミスで、ナタリーは彼がまちがいなくそのことを知るようにした。国際協力はじつにすばらしいが、結局のところ、F－35ライトニングⅡを操縦している男女は戦闘機乗りであって、幼稚園の先生ではない。武器学校で彼女がお気に入りだった教官の言葉を借りれば、厳しさに耐えられないなら、給油機を飛ばせ、だ。

「デイジーおよびナット、方位二七〇度で高度三万フィート《エンジェル三〇》に上昇、編隊にふたたび合流せよ。そのあいだに、スラマー、どうやってデイジーがおまえを仕留めたか、わたしが帰路につく前に教えてくれないか」

「デイジー、高度三万フィート了解」ナタリーはまたにやりとして、スロットルを押しながら、サイドマウント式の操縦桿《かん》を引いた。「それから、スラマーにそう厳しくしないでください。きっとわたしに手心をくわえていただけですから」

一連の笑い声が無線電波中に響いて、いずれも男のイスラエル人ふたりが哀れなスラマーをからかった。

公正を期すためにいうと、スラマーはたぶん彼女に手心をくわえていた。身長百五十七センチで、コールサインが雛菊《デイジー》ということからわかるように、ナタリーはいつも過小評価されているからだ。しかし、長身でがっしりした戦闘機乗りという大衆のイメージに反して、ナタリーのきゃしゃな体つきは、彼女の仕事の一部である押しつぶすようなGの力（重力加速度）のために作られていた。

男性とちがって、女性は体重と筋肉の大部分を腰と脚につけている。これは戦闘機パイロットにとってとくに重要だった。Gの力と戦うためには、血を頭と心臓に押し戻せる強い下半身が必要だからだ。典型的な男性の分厚い胸板と肩はビーチではりっぱに見えるが、空中戦では屁《へ》の役にも立たない。

ナタリーは過小評価されることを生涯の仕事としてきた。飛行学校の同期生で上位の一〇パーセントに入る成績で卒業した彼女は、乗る機種を選択できた。最初はF-16だったが、F-35が配備されるとすぐに、この第五世代戦闘機に転換した。

その十年後、彼女は変化をもとめてF-35デモンストレーション飛行パイロットとしての交代勤務を離れようとしていた。たぶん恒久的に。彼女はすでに、婚約者と結婚して子供を作るために除隊書類を提出していた。しかし、彼女の配属係将校が最後の派遣勤務として、まさにイスラエル空軍の交換パイロットの話を持ってやって来たとき、彼女は同意した。

なんといっても、世界屈指の凄腕《すごうで》パイロットたちに屈辱を味わわせる機会を得ることなど、そうそうあることではない。

ナタリーは、四マイル前方でさらに五千フィート上空を飛ぶ二機編隊に必要以上の速度で接近しているにもかかわらず、スロットルをゆっくり前に押した。Ｆ－35を十年以上飛ばしているが、彼女はいまだにプラット＆ホイットニー製Ｆ１３５エンジン一基のアフターバーナーが轟音《ごうおん》を上げるのを聞くのが好きだった。

彼女の脚のあいだでうなるターボファンは、十八トン強の推力を生みだす世界でもっとも強力なジェットエンジンだった。ナタリーは腕のひと振りで自分の戦闘機を音速の一・六倍まで加速することができた。この獣を飛行中にすくなくとも一回は解き放たないのは、Ｆ１に乗って時速六十キロでのろのろ運転するのと同じだった。

ナタリーはパイロットとしてのキャリアのあいだに、五、六種類のジェット機を操縦したことがあるが、Ｆ－35の持つ荒々しいパワーと比類なき優雅さの組み合わせに匹敵する機体はひとつもなかった。彼女の父は一度、このジェット機はなにに似ているかとたずね、ナタリーは、この戦闘機が半分バレリーナで半分競走馬、そしてすべてがとびっきりすばらしいと答えた。頭上の雲ひとつない空、眼下の青い地中海、そして彼女の胸のなかで響くエンジンのうなりにつつまれて、ナタリーにはここ以外にいたい場所は、文字どおり地球上のどこにもなかった。

「ヴァイパー編隊、こちらウィーズル・メイン、高度四万フィート《エンジェル四〇》、方位三三〇へ急行せよ、どうぞ」

編隊を追尾しているイスラエルの地上管制レーダーからの異例の呼びかけが、ナタリーと編隊僚機のナットがフルーイド・フォー隊形（長機とその斜め後方につく僚機の二機編隊がふたつ、左右対称に配置される隊形）でスラマーと編隊長のライノのうしろから近づいたちょうどそのとき、通信網に入ってきた。ライノは呼びかけに了解し、四機はいっせいに新しい方位に旋回した。

またしてもナタリーはイスラエルが実際にはどんなに狭いかを思いださせられた。長さ四百六十七キロ、幅百三十七キロの同国は、ニュージャージー州ほどの広さもない。そのため、戦闘機を飛ばしながらイスラエルの領空から出ないためには、ほぼつねに旋回しなければならない。そのため、ライトニングⅡの四機編隊は現在、地中海上空だった。イスラエル領空内で空対空訓練を実施するのは不可能だったろうし、ユダヤ国家と隣国との関係は改善しつつあるとはいえ、第五世代ステルス戦闘機四機の領空侵犯は歓迎されなかっただろう。

「ウィーズル・メイン、こちらヴァイパー編隊」とライノがいった。「任務変更の種類を教えられたし」

いままで通信は完全に英語で行なわれていた。これはナタリーのためと、航空界の国際語が依然として英語であるからの両方だった。しかし、飛行監視からの応答はヘブライ語で、ナタリーはその言語がしゃべれなかったものの、送信の張りつめた調子はナタリーにもわかった。

飛行監視が話しおえるのを待ってから、ナタリーはスロットルの無線送信ボタンを押して、編隊内の空対空周波数で送信した。

「ライノ、こちらデイジー。万事順調？」

「そうじゃない」とライノがいった。「早期警戒レーダーがある種の国籍不明機《ボギー》を探知している。飛来する軌道が方位三一五からテルアヴィヴのほうへ向かっている。われわれはアイアン・ドームが仕事に取りかかれるように空域を空けなければならない」

ナタリーは返事がわりに送信ボタンを二回押したが、彼女の戦闘機パイロットの頭はすでに弾道を思い浮かべていた。北西から飛来する国籍不明機は筋がとおらない。テルアヴィヴの北西には海が広がるばかりだ。ナタリーは多目的ディスプレーのボタンに触れて、自分の各種センサーを飛行監視が指示した方位に集中させた。

F‐35は当然ながらそのステルス性に多くの注目を集めているが、この飛行機がこれほど航空戦の様相を一変させる理由はそれではない。実際、その兄貴分であるF‐22ラプターは、もっとステルス性が高く、よりすぐれた万能制空戦闘機である。いや、ライトニングⅡのいわば本当のソースの秘密は、そのセンサー・パッケージなのだ。

世界中の武器プラットフォームとしてはじめて、F‐35のミッション・コンピューターは、画像配信システム・センサーと電子式光学照準システム、そしてアクティブ電子走査アレイ・レーダーからのデータを関連づけて、明瞭《めいりょう》なひとつの画像としてパイロットのバイザーに投影する。脅威警報システムと赤外線照準ポッド、そしてレーダー画面のあいだで時間を配分するかわりに、ナタリーは飛行機のセンサー・パッケージが〝見る〟ことのできるすべての集大成であるただひとつの画像を提供されるのである。

しかし、それは氷山の一角にすぎない。

搭載された各種センサーが収集する情報にくわえ、F－35各機は僚機のセンサー情報ともデータリンクで結ばれている。ナタリーがヘルメット搭載のディスプレー・システムで合図を送る輝点を追いかけていたとき、彼女は編隊の各機から送られるいちばんいいセンサー画像の選り抜きを〝見て〟いた。

彼女を迎えたのは、うれしい光景ではなかった。四つの国籍不明機は、はるか低空を波をかすめるような高度で海を横切って突進していた。

そしていずれも一直線にテルアヴィヴへ向かっていた。

64

「ライノ、こちらデイジー」ナタリーは、四つの飛行物体が視野を横切って突進するのを見守りながらいった。「わたしたちはなにを見ているの？」

四機のF-35の編隊は現在、飛来する国籍不明機とは逆の針路を飛行して、北西の方角でテルアヴィヴから遠ざかるいっぽうで、未確認物体はおおむね南東へ突進していた。ナタリーは国籍不明機から高度にして四万フィート、水平距離で五十マイル離れていたが、彼女のF-35はそんなものを苦にしなかった。

ナタリーの乗機でセンサー統合をつかさどるデータ融合エンジンは、すでに各物体をタグ付けして、アイコンの下に移動方向と対気速度を表示していた。これがナタリーを少し混乱させた。四つの物体は水平で直線の飛行経路を約四百ノットで移動している。ロケット弾あるいは誘導ミサイルにしては、あまりにも遅いし、弾道軌道も平《へい》坦《たん》すぎる。

そのとき、国籍不明機の編隊はいっせいに上昇し、水面すれすれから水面上約千フィートの高度まで舞い上がった。

「わからない、デイジー」とライノがいった。「しかし、アイアン・ドームが相手をする。イスラエルのテクノロジーが本領を発揮するところを心して見るんだな」

「了解」とナタリーはいった。アイアン・ドームの恐るべき能力は知りすぎるほど知っていた。このミサイル迎撃システムはまさに技術の驚異だった——パレスチナのテロリストたちがイスラエルに打ちこむ安価なカチューシャ・ロケット弾をずっと大きなペイトリオット・システムの何分の一かのコストで撃墜できる。正直なところ、彼女は花火大会を見るのを本当に楽しみにしていた。なんといっても、かつて開発されたなかで屈指の恐るべき対空システムが交戦するのを上空から眺めることなど、そうそうあることではない。

しかし、つぎに起きたことは、販売促進のコマーシャルに絶好のネタとはいえなかった。

四機のF‐35の飛行編隊が危険地帯を離れたことを再度確認した後、ウィーズル・メインはライノに待機を命じた。彼が了解するやいなや、五本の炎の指がイスラエルの海岸から空に向かって立ち上った。ライトニングⅡ搭載のコンピューターは、即座に各アイアン・ドーム迎撃ミサイルにマークをつけて、針路と速度、必要なデータを表示した。

しかし、炎の条《すじ》は四発のミサイルを迎撃するのではなく、それをかすめて飛び去った。

「いったいどういうこと?」とナタリーがいうと、さらに六本の炎の条が空に向かってぐんぐん上昇した。しかし、先ほどのものと同様、これらの迎撃ミサイルもまた、意図した目標を一直線に通りすぎ、青空に灰色の煙の航跡を描いた。

ナタリーは送信ボタンを押そうとしたが、ウィーズル・メインが彼女の機先を制した。ヘブライ語でまくしたてる声が無線電波を満たし、ライノが同じように答えた。しかし、それでじゅうぶんだった。地上管制官の意図を理解するのに天才は必要なかった。少しして、ライノが空対空周波数で送信して、彼女の疑念を裏づけた。

「ヴァイパー編隊、こちらライノ、飛行監視がわれわれにもっと近くで見てみるよう要請している。ついてこい。なにがどうなっているのか見てみよう」

「デイジー、すべて受信した」とナタリーはいって、編隊長機の横の位置を維持しながら、ライトニングⅡを右に急旋回させた。気楽な訓練任務はたったいまあきらかにもっと深刻なものに変わっていた。

65

シリア、アル・タンフ前哨基地

ジャックは、倒れないように、ほこりにまみれたコンクリートの平板に寄りかかった。足の下の地面は揺れ、砲弾が施設全体に雨あられと降りそそぐ。彼が逃げだすかわりに進んで駆け戻った施設に。

ミスター・Ｃは、この作戦後の情報聴取を大いに楽しむことだろう。

屋根の薄い金属製の張り出しに避難したジャックは、ＡＫ-47を地面に置き、負傷した腕に巻いた布切れをきつく縛った。傷自体は、彼のもっとも重い傷とはいえなかったが、たぶんいちばんおぞましいものだろう。とてつもない激痛で腕がずきずきする。押したりぶつけたりするたびに、すでに怒りくるっている神経末端がさらに激怒するというのに、ジャックには吊《つ》り包帯をこしらえる材料も時間もなかった。ベッカとトミーを見つけるまでは、彼にはがんばって動きつづけるしか道はなかった。

　とはいえ、自分にはなんらかの幸運がめぐってくるはずだとジャックは思わずにはいられなかった。片腕に穴が開いたまま、武装した人間でいっぱいの施設を動きまわるのは、じゅうぶん困難だ。だから、それと同時に砲弾をかわさずにすめば、こんなにありがたいことはない。

　包帯を縛りなおす時間を利用して、ジャックはひと休みして、考えをまとめなおした。ジャックははじめて、あの殺戮《さつりく》場で起きたことを正確にあきらかにしようとした。誰かが彼の命を救い、その誰かは精度の高い長い銃を割り当てられていた。たぶん、消音装置のついたやつだ。最初の二発には、ライフルの銃声がともなっていなかったからだ。たくみに使用された消音ライフルは、アメリカの特殊作戦部隊を示唆している。さらにこれはたぶん、施設を叩いている間接砲撃の弾幕もまた友軍部隊のものであることを意味している。

　しかし、きわめて巧妙に統制された砲撃も、所詮は大量殺戮兵器だ。外科医なみの精確さで相手を倒す狙撃手とちがって、無誘導の砲弾は敵と味方を区別することができない。ジャックの命を救ってくれた者たちはおそらく彼が、潜在的な必殺地帯に駆け戻るのではなく、逃げだすと思っていただろう。しかし、彼らは依然として弾幕射撃をつづけている。それはジャックの生存よりも重要な作戦上の優先順位があるということだ。

たとえば、たぶん彼ら自身の生存のような。

あやまって死傷者になるのを避けるためには、ジャックはアメリカ軍の火力の向こう側にいる誰かさんと連係する必要があった。残念ながら、それは、いうは易《やす》く行なうは難しだった。ギャヴィンが〈サウロンの眼〉を仕込んでくれた携帯電話はとっくの昔に奪われ、彼には自分の処刑人たちの身体検査をする暇がなかった。ジャックは残りの手脚が十字架に永遠に打ちつけられないようにするために反応してきたが、たぶんいまは、戦術的な忍耐を少し発揮する必要があった。

彼にはすでに新しい穴がひとつ開いている。

あわてて穴をもっと増やすことはない。

たぶん、もっと衝動まかせで行動しない新しいジャックをためしてみるときだろう。

しかし、角を回ってきたＡＫ－47携帯の戦闘員には、べつの考えがあった。

男は足をすべらせて停まると、アラビア語で質問をどなった。ジャックは肩をすくめた。男は近づいて同じことをくりかえした。その視線がジャックの顔から包帯を巻いた腕に移ると、血まみれの布に目が大きく見開かれた。

それから男は自分の銃に手をのばした。

66

戦闘員はライフルを持って走っていたが、銃身を自分の左足に向けて銃を携行していた。それは、まずＡＫ－47を右上方に持ち上げて、銃口を標的に向けなければならないことを意味し、ジャックに貴重な数秒間を稼いだ。

ジャックは男に襲いかかり、自分のライフルに手をのばすかわりに攻撃者との距離を詰めるほうを選んだ。彼は戦場で兵士とマシーンを動かせるすぐれた戦術家ではなかったかもしれないが、取っ組み合いの才能を疑う者は誰もいないだろう。ジャックは片腕が使えなかったが、それでも体重百キロ分の怒りがあった。

ジャックは踏切で立ち往生している車を粉砕する機関車のように戦闘員に激突した。ふたりの体がぶつかり合うと、ジャックは男のみぞおちに肘を叩きこみたくなる衝動をこらえた。かわりに、男のライフルを相手の体の中心部に押しつけて動けなくしながら、脚で突き進んだ。

ふたりは建物のコンクリート壁に激突し、ジャックは手首からの焼けつくような振動を無視した。戦闘員の頭が湿ったぐしゃりという音をたてて跳ね返った。その目がぴくぴくして、ライフルを握る手の力が弱まったが、男はまだ片づいていなかった。ジャックは片手でつかんだライフルを放して、かわりに男の首筋をつかむと、戦闘員を下方にぐいと押し下げ、同時に男の顎目がけて膝を突き上げた。

骨が折れて、血があふれ出した。

ジャックは戦闘員を放すと、自分のＡＫ－47をつかんだ。男の胸に一連射浴びせることも考えたが、そうしなかった。壁の外では散発的な自動火器の銃声がまだ響いていたが、施設内は二度目の砲兵弾幕射撃のあと、奇妙なほど静まりかえっていた。ジャックがいちばんやりたくないのは、自分に注目を集めることだった。

かわりに彼はライフルを逆手に持つと、木製の銃床を戦闘員のつぶれた顔に叩きこんだ。二撃目で男は動くのをやめたが、ジャックは念を入れてさらに二撃、お見舞いした。

徒手格闘戦は、気弱な人間には向いていない。

しかしまた、磔《はりつけ》の刑も同様だ。

ジャックはライフルをかたわらに置くと、ポケットからポケットへと移動しながら戦闘員の所持品を調べ、やがて探しまわる彼の指がもとめていたものを見つけだした――携帯電話だ。ジャックは戦闘員の指を使って機器のロックを解除すると、それからダイヤルした。呼び出し音が三回鳴ったあとで、おなじみの声が答えた。

「もしもし？」

「やあ、ギャヴィン」ジャックはそういうと、携帯電話を肩と耳ではさみながら、ライフルをひろい上げた。「ちょっといいかな？」

67

「ジャックだって？　驚いたな――本当にきみか？」

「わたしさ、相棒」とジャックはいった。太っちょのキーボード戦士は笑みを誘った。

「きみの助けが必要なんだ。わたしは――」

「ちょっと待った、ジャック。ミスター・クラークがここにいる。彼はもしきみがまた電話をかけてきて、わたしが知らせなかったら、わたしの喉に手を突っこんで扁桃《へんとう》腺《せん》を引っこ抜くというのさ。本気だと思うよ、ジャック」

「まさか、クラークはただの大きなテディベアだよ」とジャックはいった。

「馬鹿をいうんじゃない」

「ああ、どうも、ミスター・C」とジャックはいった。「つながっているとは知らなかったもので」

「しょうのないやつだな、ジュニア、だがきみの声が聞けてよかった。バグダッドの支局長のところにふらりと客がやって来て、きみのじつに不愉快な写真を何枚か机に投げ捨てていってね。こっちの連中がちょっと心配していることはいうまでもないと思うが」

　いろいろあったにもかかわらず、ジャックはにっこりした。悪名高いミスター・ジョン・テレンス・クラークが自分のことを心配している。ヴェトナムのジャングルで北ヴェトナム軍に忍び寄って最初の経験を積んだ男が、人間らしい感情を持ちうるとは。びっくりだ。

　しかし、ジャックの浮かれた気分は、あっという間に消えていった。ミスター・Cが懸《け》念《ねん》をしめすとき、凡人はすでに恐怖で震えている。もしクラークが心配しているとしたら、ジャックはたぶん思っている以上の窮地に立たされている。

　そして、それはかなりのことだ。

「ずいぶんひどい目に遭いましてね、ミスター・C」とジャックはいった。「しかも、まだ窮地を脱していない。自分がどこにいるのかさえ――」

「シリアだ。きみはシリアにいるんだよ。われわれはすでにきみの携帯電話をロックダウンしているが、きみが電話をかけてくる前にすでにきみがそこにいると推測していた。いや、すくなくとも、きみがいると願っていた――やれやれ、だがおかげで冷や冷やさせられたよ。とにかく、ギャヴィンがきみの誘拐された場所の近くにあった携帯電話数台のセキュリティをやぶったんだ。われわれはベイルートを離れるふた組の人間を追跡した。ひと組はイラン行きの飛行機に乗ったが、もうひと組はシリアへ向かった。お話の時間はあとにしてもいいな。とにかくいまは、きみにその施設から出てもらわねばならん。味方が二方向にいる。南へ向かえば、わたしが合流を手配しよう」

「すみませんが」とジャックはいった。「それはできません。罪のない人間がふたり、まだ危険にさらされているんです――母親と子供が。ふたりが捕らわれている場所を知っている男がこの施設内にいます。やつを置いては行けません」

「ジュニア、聞くんだ。くわしく話せない問題がここには関係している。わたしの言葉を信用してもらわねばならん。その施設からとっとと逃げだすんだ」

「できません、ミスター・C」

「なにをいうんだ、ジャック。きみは親父さんを絶望的な状況に置いているんだぞ。きみの親父さんだ。わたしがいっていることはわかるな?」

ジャックは雲ひとつない空を見上げて、きっと頭上のどこかを周回している無人機を探した。青空しか見えなかったが、それは驚きではなかった。ジャックは多くのドローンが五万フィート以上の公称周回高度を持っていることを知っていた。つまり無人機は一万五千メートル以上離れていることになる。裸眼で見ることは不可能だ。

それでも、自分の親父がたぶん見守っていると知ると、ジャックは不思議な安心感をおぼえた。ジャック・パトリック・ライアン・シニアがかくも偉大な人間である多くの理由のひとつは、公私ともにまったく同じ人間だということだ。しかし、偉大な人間の息子として育つのは、楽に背負える重荷ではない。

ジャックは父親を愛していたが、恐れてもいた。いや、そういういいかたは正しくない。ジャックは父親をけっして恐がりはしなかったが、父親の名声に沿えないことを恐れていた。これはあらゆる偉大な人間の息子が背負う重荷であり、シニアはあらゆる手をつくしてその重荷を軽くしようとしてきたが、その圧倒的な重さがジャックの心から離れることはなかった。

しかし、この瞬間、ジャックはいつにない軽さを感じていた。彼の父親が見ている。

〝けっこうだ〟

〝見せてやろう〟

「よく聞こえていますよ、ミスター・C、でもあなたはいつも、偉大な指揮官は現場の人間を信用すべきときを知っているといっていましたね。わたしは現場の人間です。

わたしを信用してもらいたい」

　それにつづく沈黙は短かったが、意味深長だった。それからジョン・テレンス・クラークは口を開いた。

「いいだろう、ジャック。きみを信用することにするよ。必要なことをやりたまえ」

「ありがとうございます、ミスター・C。それから、わたしにかわって親父に伝言をお願いします。善良な人間はときには正しいなにかをなすために進んで代償をはらわねばならないものだと、つたえてください。そういえばわかるでしょう。さあ、仕事に取りかからないと。それから、ギャヴィンの助けがあるとありがたいのですが。彼の『指輪物語』を存分に活用するよう彼にたのんでください。あなたがさっきからいっているその味方とやらと話ができればいいんですが。いつでも連絡は受けられるようにしておきます。ジャック、通信終わり」

　ジャックは携帯電話をシャツのポケットに入れた。避けられない任務後の情報聴取で自分が少々説明しなければならないのはわかっていたが、それはなんとか施設を生きて脱出できたらの話だ。

　現時点では、それは予測できる結末とはいえなかった。

68

地中海、
イスラエル制限作戦空域アルファ

戦闘機パイロットは、根本的には視覚的動物だ。次世代の各種センサーと結びついた世界最先端のミッション・コンピューターが状況についてなにをもの申そうが、兎《うさぎ》の上空を舞う隼《はやぶさ》のように、自分のふたつの目で獲物を見たいという生まれつきの欲求を持っている。

ライトニングⅡのコンピューターがとうの昔に判断を下しているのに、ライノが四つの国籍不明機の接近通過を実施すると主張した理由は、それで説明がつく。接近する未確認の空中探知目標は巡航ミサイルで、たぶんイランの設計だろう。

公平を期すためにいうと、ナタリーはライノの論理を責められなかった。たいして重要なことではないが。彼女は腕利《き》きのアメリカ軍パイロットかもしれないが、イスラエル軍の編隊でイスラエル軍の飛行機を飛ばしていた。彼女にはなんの責任もなかった。

「編隊、こちら編隊長」とライノがいった。「国籍不明機、三時の方向、下方。上空通過を実施して、それから右に急旋回し、向こうの後方にまわりこむ」

ナタリーは暗算して、自分たちが一分以内に迎撃するとはじき出した。彼女は送信ボタンを押して、編隊に対気速度を落とすよう進言しようとしかけたが、そうしなかった。四機のF‐35はほぼ五百ノットで目標を一気に通過するだろう。彼女のフライト・コンピューターによれば、巡航ミサイルが速度を落としていることはいうまでもない。その対気速度は三百ノット以下に減少している。しかし、またも彼女は自分がたんなる傍観者であることを自分に思いださせた。

「国籍不明機、発見」とスラマーがいった。

四機編隊中で最右翼の戦闘機として、彼が最初に目標を見た人間なのは理にかなっている。ナタリーは右に首をもたげて、戦闘機のデータ融合エンジンが提供する合図の輝点を追ったが、だめだった。

ときとして、身長百五十七センチが本当に足かせになることもある。

目標を目視で識別するのをあきらめて、ナタリーは飛行機の画像配信システムからの赤外線ビデオ映像を、デジタル・コックピットを構成する多目的ディスプレーのひとつに従属させた。ナタリーは目標を目視できなかったかもしれないが、それは彼女が自分たちの追いかけているものを見られないということではない。

Ｆ－35の機体各部に搭載された六基の赤外線カメラがひとつの高解像度合成画像を形づくると、白黒画像がおなじみのシルエットに変わった。目標のほっそりとした胴体の先端には空力学的な効果があるノーズコーンがついているが、安定翼のかわりに一対の短翼が胴体中央部のすぐ後ろからつきだしている。ミサイルの胴体にそって見ていったナタリーは、ある種のターボファンかターボジェット・エンジンがミサイルの中心線下にぶら下がって、推進力をあたえているのを心に留めた。

Ｆ－35の四機編隊が国籍不明機の編隊を轟音とともに飛び越え、降下しながら右へ旋回しはじめると、ライノはウィーズル・メインに向かってふたたびヘブライ語の弾幕を浴びせた。ナタリーはミサイルの胴体を調べるのでいそがしかったので、除《の》け者にされても気にしなかった。その特徴ある形のなにかが彼女をためらわせた。

国籍不明機の編隊の一万フィート上空を後方から接近しながら、彼女は画像を拡大した。なにかが依然としておかしい。彼女はべつのボタンに触れて、ミサイルの前部四分の一にズームインして、息を呑んだ。いまや、彼女は敵編隊が海の波が作りだす隠れ蓑を捨てて、より高い高度とより遅い速度を選んだ理由を理解した。

「ブレーク、ブレーク」ナタリーは空対空周波数で送信して呼びかけた。「ライノ、こちらデイジー、問題が起きた、どうぞ」（ブレークは緊急時に交信に割りこむときに使う用語）

「デイジー、こちらライノ、交信待て」

ライノがじゃまされていらだっているのが声の調子でわかったが、デイジーは気にしなかった。

「ライノ、こちらデイジー、待てません。機体の下側を見て。くりかえす、ミサイルの腹を見て。ノズルが見える？」

ナタリーが自分の見ているものをいったん理解すると、雌豚の乳首のようにミサイルの下腹にならんだ消火栓型のノズルが画面から目に飛びこんできた。しかし、ライノは思考の途中でヘブライ語から英語に切り替えるのに苦労しているのか、あるいはまだ接続を確立していなかった。

「ノズル？」とライノはいった。「もう一度いってくれ、デイジー」

デイジーは送信ボタンを押して説明しようとしたが、ミサイルが彼女に代わってどんな誤解も解消した。四発の電信柱型の兵器はいっせいに互い違いの編隊をくずして、横一線になった。
それから、ノズルが噴霧を開始した。

69

ミサイルの下部から噴霧される液体は、灰色がかった雲となって外にもくもくと噴きだした。青い空と地中海の紺碧《こんぺき》の海を背景にした煙は、牧歌的に見えた。四発の戦争の武器がテルアヴィヴ市民のために航空ショーを演じているかのように。しかし、ナタリーには無害に見える雲がなんらかの形の死にちがいないとわかっていた。

ライノも同じだった。

ヘブライ語の奔流が無線電波を満たして、編隊長が指示をあたえた。わざわざ通訳はしなかったが、ナタリーはそれでも彼がいっていることを理解した。ミサイルはわずか一分以内に陸地上空に達するだろう。アイアン・ドームは迎撃に失敗していた。ネヴァティム空軍基地でアラート待機中の戦闘機はたぶんすでに緊急発進しているだろうが、アフターバーナー全開でも、到着したときにはもうとっくに手遅れになっているだろう。

70

F-35を最左翼のミサイルの後方から接近させたナタリーは、スロットルに手を置いてライノの合図を待ちながら、これをどうやるのか思い浮かべた。ジェット戦闘機はきわめて頑丈なマシーンだが、四百ノットの速度で衝突して生きのびるようにはなっていない。ぶつかったとたん両方ともばらばらになるだろう。

必要なことをやるために体を準備しながら、ナタリーの心は自由にただよった。彼女は婚約者のこと、空軍除隊後の計画のことを考えた。両親のこと、けっして見ることのない夕日のことを考えた。しかし、主として考えたのは、職務と名誉のことだった。空軍士官学校の四年間に頭に叩きこまれた言葉がふと浮かんできた。

〝誠実第一、自己より先に奉仕、なすことすべてに秀《ひい》でる〟

第二次世界大戦の英本土航空戦《バトル・オブ・ブリテン》中の英国空軍のように、ナタリーは自分が一度も会ったことのない無数の人々のために究極の犠牲をはらおうとしていた。ナチ・ドイツから英連合王国を救ったイギリス軍パイロットに寄せたウィンストン・チャーチルの一節が、これ以上心に迫ることはないように思えた。

〝人類の戦いの分野において、かくも多くの人々が、かくも少数の人々に、かくも多くのことを負うたことはなかった〟

「ヴァイパー編隊、こちらライノ、攻撃を実施せよ、実施せよ、実施せよ」

ナタリーは戦闘機の機首を下げると、スロットルを目いっぱいに押して、ガゼルを追いつめるチーターのように巡航ミサイル目がけて急降下した。巨大なプラット&ホイットニー・エンジンがうなりをあげ、火を吐くドラゴンの咆哮《ほうこう》が彼女の全身の骨をその髄まで震えさせる。彼女が選んだほっそりとしたミサイルが風防のなかでぐんぐん大きくなり、彼女は二枚の三角翼の見まちがえようのない形に狙いをさだめた。

コンマ何秒か目標から目をそらしたナタリーは、テルアヴィヴの光景を目に焼きつけた。四十万人以上の人々は、自分たちの運命が四つの名もない顔ぶれによって決定されようとしていることを知るよしもない。

英本土航空戦と同じように。

ナタリーは顔をしかめ、なぜ自分の潜在意識が第二次世界大戦の航空戦をまた引き合いに出してきたのか理解しようとした。

そのとき彼女は知った。

「ヴァイパー編隊全機、こちらデイジー、攻撃を中止せよ。くりかえす、中止せよ」

ほかの飛行士同様、ナタリーは、なにが起きていても無線の声を冷静にたもつ能力に誇りをいだいていた。今度ばかりは、彼女も叫んでいたかもしれない。操縦桿をぐいと引いて、機を左急旋回に入れると、まだ噴霧中のミサイルと衝突するのをかろうじて避けて、僚機もそれにしたがうよう願った。一瞬ひやひやしながら機体の制御を取り戻したあとで、ナタリーは自分の編隊を確認することができた。

四機のＦ－35はまだレーダーに映っていた。

「デイジー、こちらライノ、くそ、いったいどういうことだ？」

額から汗が流れ落ちていたが、ナタリーはにやりとした。無線の礼儀作法を少し欠いたのは自分だけではない。

「ライノ、こちらデイジー、交信待て。わたしに考えがある」

71

シリア、
アル・タンフ前哨基地

フッセイニの居住施設を出てまもなく、ダリエンは自分が〝自由〟というものに少し楽観的だったことに気づいた。彼とエカチェリーナはアフマディ将軍の手のとどかないところにいたが、窮地を脱したわけではなかった。ダリエンはカルト指導者から逃れたが、世界の終末はまだたけなわだった。

鼓膜を破るような一連の爆発が彼の右側で轟《とどろ》いた。

ダリエンは近くの建物にエカチェリーナを押しつけると、自分の体で彼女をかばった。

爆発の激しさのあかしに、ロシアの女スパイは自分を守ろうとするダリエンの努力にさからわなかった。それどころか、ダリエンは、誘爆が最初の骨がきしむような雷鳴のアンコールを奏《かな》でると、彼女が身震いするのを実際に感じた。

　ダリエンは飛来する砲弾のまぎれもない金切り声がもはや聞こえなくなるまで待ってから、上体を起こすと、手を貸してエカチェリーナを立たせた。

「あれは兵器が爆発していたの？」とエカチェリーナはいった。いつもは自信たっぷりな声がまだ少し震えている。

「ああ」とダリエンはいった。「だが、手を貸したやつがいた。音からして、施設は砲撃を受けている」

「誰から？」エカチェリーナは目を見開いていった。

　ダリエンは肩をすくめた。「わたしの推測ではアメリカ軍だ」

「どうしてわかる？」

「理にかなっている。フッセイニはＣＩＡの工作員を磔にした。アメリカ人の注目をもとめていたからだ。彼はそれを手に入れたようだ」

「だったら、たぶん連中は施設を包囲しているわ」とエカチェリーナはいった。「どうやって逃げる？」

〝たしかに、どうやって〟

ダリエンの思考は反射的に自分たちが施設に入るのに使った車へと向けられた。それからべつのことを思いついた。

「いっしょに来るんだ」とダリエンはいって、エカチェリーナの手をつかんだ。

72

地中海、イスラエル制限作戦空域アルファ

　ナタリーはF-35の翼をかたむけて、しだいに小さくなる螺旋回転《コークスクリュー》に入れると、耐G《フック》動作をはじめ、下半身の筋肉を緊張させて、血が溜まって脳に必要不可欠な酸素が行かなくなるのをふせいだ。たぶん先ほどライノ機の内側に回りこみながら8Gに耐えていたときには、ナタリーは自分の腕前を見せびらかしていた。

　しかし、今回、その動作は生きのびるためだった。

　ナタリーは攻撃を中止したため、目標をずいぶん通りこしており、時間は刻一刻とすぎていた。彼女の思いつきがうまくいく可能性があるためには、目標のやや後方だが同じ高度で交戦を開始する必要があった。

彼女は歴史専攻ではなかったが、英本土航空戦にはほかにナタリーの想像力を捉えてやまないことがあった。イギリスの空を夜間定期的に往復する多数のドイツ空軍機にくわえて、ロンドン市民はほかにふたつの恐怖と戦わねばならなかった。猛威をふるうＨｅ１１１爆撃機と護衛のＭｅ１０９戦闘機を迎え撃つために通常は劣勢で出撃するスピットファイアとハリケーンのパイロットたちの心で輝く勇気だけでは撃退できない恐怖と。

それは敵自身の勇気あふれる信念のせいではなかった。それどころか、その正反対だった。

翼が生えた強敵には心がなかった。

ドイツの科学者たちは、戦況が自分たちの不利になると、あわてて完璧な兵器を見つけだそうとしていた。第三帝国に忠実な人間をひとりも危険にさらすことなく、敵に死と破壊の雨を降らすことができるなにかを。ヘルファイア・ミサイルを搭載したプレデターと呼ばれるひょろりとしたドローンが出現する百年近く前に、ドイツ人は自分たちの恐怖の遠隔操作兵器を発明したのである。

「フェアゲルトゥングスヴァッフェン」つまり報復兵器を。

Ｖ－１号と呼ばれる最初の兵器は、パルスジェット・エンジンを動力とする無人ドローンだった（ふたつめの兵器はV－2号ロケット）。このエンジンは超大型の蜂のような音を立てるので、非公式に「ぶんぶん爆弾《バズ・ボム》」と呼ばれた。V－1号は時速六百四十キロで飛行するので、イギリス軍パイロットはそれにどう対処するか決めるのに四苦八苦した。

それもある大胆不敵なパイロットがとびっきりのアイディアを思いつくまでの話だった。彼は飛行中のV－1号に横から近づくと、無人機の翼の下に自分の主翼をすべりこませ、突然、翼を左右に振ったのである。予期せぬ姿勢の変化は、飛行爆弾のジャイロが対応するようにプログラムされたものを超えていた。報復兵器は一気に反転して、海につっこみ、九百キロ近い弾頭は損害をあたえることなく爆発した。

二万三千人近い死者をもたらした兵器は、まさにこのようにして無力化されたのである。

ナタリーの潜在意識でメッセージを送っていたのは、この逸話だった。もしかすると、自分もちょっとドローン返しに挑戦してみるときかもしれない。ただし、第二次世界大戦当時の同年代の人間たちとちがって、彼女の目標と彼女の戦闘機の巡航速度の差は五十数ノットなどというものではなかった。いや、その差は約二百ノットで、ミサイルの速度はおそらく放出している有毒な雲をより効果的にもちいるためにさらに低下を続けている。

ナタリーの乗機は速度をはるかに落とす必要があった。

「デイジー、こちらライノ。きみの意図を説明しろ、どうぞ」

「ライノ、こちらデイジー、交信待て」

しかし、テルアヴィヴのビーチがいまやはっきり見えているので、ナタリーにはライノがそう長く待つ気はないことがわかった。ならけっこう。なぜなら、もしこれがうまく行かなければ、ナタリーはスロットルをアフターバーナーまで押しこんで、乗機が自分のまわりでばらばらになる前に、できるだけ多くのミサイルを蹴散らすつもりだからだ。

親愛なるライノと部下たちは、なんであれ残ったやつを取り合えばいい。

しかし、ナタリーはそれもいわなかった。主として、自分がF-35デモンストレーション・チームで学んだ技を最後のひとつまで利用するのにいそがしかったからだ。機首を空に向けた彼女は、戦闘機の迎角を増しながら、スロットルをほぼアイドル位置まで戻した。

ジェット機が身震いし、失速警報が鳴り響いたが、それでもまだ機体はじゅうぶん速度を落としていなかった。

あともう少し。

ナタリーは、フラップ兼用エルロンを下ろし、スピードブレーキを開いて、機体の空気抵抗を増すと、できるだけ空力的に不安定にした。すべては速度を最大限減少させるこころみだ。

彼女は対気速度計をちらりと見て、たじろいだ。

まだ速すぎる。

最後のスイッチを押して、彼女は着陸装置を下ろした。

ジェット機は身震いすると、十七トンの機体をささえる役目をになう三つの車輪が機体側面を流れる空気の流れのなかにつきだした。

失速警報は激しいクラクションにかわり、F-35のフライト・コンピューターは一億ドルの飛行機が芝生の土にならないようにするため、ナタリーの命じた危険な飛行姿勢を取り消そうとした。ナタリーはそれに応えて操縦桿《かん》を二回振り、自分が飛行機を操縦していることを確認しながら、スロットルを押した。

エンジンがそれに応えて轟き、彼女のジェット機は飛びつづけた。

かろうじて。

世界一先進的な戦闘機はまさに技術の驚異だったが、ナタリーがこころみている機動のためには作られていなかった。ナタリーは機首をほぼ垂直に向けて、ほとんどスロットルのコントロールだけで機位を維持していた。まるで、鉄道線路のレール一本の上でバイクを走らせながら、ウィーリー走行をするような感じだ。ナタリーは飛行デモンストレーション・チームの長としての三年間、ライトニングⅡにいくつかの印象的な空中舞踏を経験させてきたが、この無茶ぶりはほかに類を見なかった。

額から流れ落ちる汗を無視して、ナタリーは方向舵《ほうこうだ》ペダルであやつりながら、機首をまっすぐ上に向けつづけた。それから右側に目をやり、目標を探した。もし自分がどういうわけかミサイルを追い越していたら、このすべては水の泡だということは考えないようにした。

懸命に。

しかし、自分が見た光景に彼女の胃はぎゅっと締めつけられ、交戦が始まって以来はじめて悪態が彼女の口をついて出た。

「くそ《シャイセ》」ナタリーはドイツ派遣勤務中に完璧にマスターした言葉を選んでいった。

彼女の特製透明風防は、かつて戦闘機パイロットに認められた最高の視界を誇っていたが、ナタリーにはうっすらとした巻き雲と青空以外なにも見えなかった。

ミサイルの編隊は姿を消していた。

「デイジー、こちらライノ、きみの標的は下にいる」

自分の馬鹿さ加減を呪いながら、ナタリーは赤外線画像を呼びだすと、融合したデータを使って、ジェット機の床の向こうを実質上透視した。たしかに特徴のある二枚の翼が彼女の下腹のすぐ下にぬっとつきだしている。彼女の胃が今度はべつの理由でまた締めつけられた。あと三メートルで、あの翼は彼女のジェット機の胴体につきさって、彼女がいまこころみている超一流の操縦術をすべて無意味にしていただろう。

「デイジー、了解」ナタリーはそういったが、声の冷静さに自分でも驚いた。「こいつをつついてみるつもりです。もしうまくいけば、ミサイルが一発減るはず。うまくいかなければ、体当たりして落とします。ほかの三発の幸運を祈ります」

今回は、ライノが送信ボタンを二回押して応答した。あきらかに自分の声でナタリーの気を散らさないようにするためだ。いい考えだが、完全に不要だった。ナタリーはデモンストレーション・チームの指揮をとるまえから優秀なパイロットだったからだ。

その三年後、彼女は偉大なパイロットになっていた。

しかし、それは操縦桿を操作する彼女の能力のせいだけではない。

ほかの飛行機と接近した状態でアクロバット機動をするためには、オリンピックの女子体操選手が後方宙返りと息を呑むような連続ひねりの組み合わせで床を横切って身体《からだ》を投げだす直前に見せるのと同様の強固な集中力が必要だ。ナタリーはこれ以上ないほど集中していたし、彼女のエンジンで爆発するロシア製ヴィンペル空対空ミサイル以外のなにものも、彼女の集中力を揺るがさなかっただろう。それは好都合だ。なぜならナタリーは、空から吹き飛ばされるほうが、いまからやろうとしていることより、はるかに心と体の負担が少ないと感じていたからだ。

まず第一に、彼女の位置取りが悪かった。このとほうもない計画を思いついたとき、ナタリーはミサイルの左翼の下にすべりこんで、左に翼を振りながら急上昇することを思い描いていた。理論的には、これでイランのミサイルは右に旋回して、ナタリーの乗機から離れることになるだろう。しかし、彼女はミサイルの上方にいるので、これはもはや選択肢ではなかった。

一瞬、ナタリーは、うまくいくよう願いながら、このままミサイルの右翼の上にのしかかることを考えた。しかし、それはまったく馬鹿げている。いや、もし乗機を最初の段階で危険にさらすつもりなら、見返りを危険に見合うようにしたほうがいい。ナタリーは右主翼をかすかに下げて、右へスライドし、スロットルを操作して危なっかしい姿勢をたもちながら、ミサイルの上を通過した。

ナタリーの三つ編みにそって首筋をしたたり落ちる汗は、奔流へと変わっていた。

そんなのは苦にもならない。彼女は実際に空中機動を成功させて、いまミサイルの右上方、そしてもう一発のイラン製ミサイルの左側に位置していた。

まだ彼女が計画したとおりとはいかなかったが、ああすればよかったと後悔する時間は終わった。

ナタリーは歯を食いしばって、スロットルをアイドル位置にしながら乗機を左へロールさせた。鋼《はがね》と鋼が接触して、爪で黒板をひっかいたような金切り声をあげ、つぎの瞬間、ナタリーは水滴風防のてっぺんごしにミサイルを見ていた。

ミサイルは右へ宙返りをしていた。

コンマ何秒か、イラン製兵器は完全に制御不能になった。それから内蔵のジャイロがミサイルを修正して、その右翼をとなりのミサイルのターボジェット・エンジンの回転する空気取り入れ口に真正面からつっこませた。

鋼が鋼に激突すると、今度は火だるまになった。

二発の死の使者は、絵はがきにしてもいいほどのみごとな結末を迎え、オレンジ色の炎と濃密な黒い雲となって分解した。

二発撃墜、残るは二発。

ナタリーは、自分でも止めていると気づかなかった息を吐きだすと、指を曲げ伸ばしして、それからサイドマウント式の操縦桿をつかみ、つぎのミサイルを相手に空中機動をくりかえす心の準備をした。

　そして、そのとき自分が窮地におちいったことに気づいた。

　あきらかに重量十七トンの戦闘機は、四百五十キロのミサイルと遊園地のバンパー・カーごっこをするようには作られていなかった。操縦桿と方向舵ペダルの両方からつたわってくる振動は、まちがいようがなかった。

　彼女のライトニングⅡは衝突のさいに無傷ではすまなかったのだ。

　ナタリーの乗機は機体構造に損傷を受けていた。重要な機体構造上の損傷を。F－35のフライト・コンピューターは機体の突然の空力学的変化を相殺《そうさい》しようとしていたが、ナタリーはそれが勝ち目のない戦いであることを知っていた。損傷した機体にかかる応力があまりにも大きすぎた。ある時点でコンピューターはその権限の限界に達して、操縦翼面はもはや望ましくない空気抵抗を相殺できなくなるだろう。

　そうなったとき、その結果はゼロか百かだろう——照明をスイッチで消すように。彼女の乗機はいま飛行していたかと思うと、つぎの瞬間には耐空性が岩同然になって空から一気に墜落する。もちろん、疲労した金属が先に音《ね》を上げないとしたらだが。

　乗機から脱出しなければならない。

いますぐに。

ナタリーは送信ボタンを押して、恐れていた呼びかけを行なった。ただし、彼女が考えていた言葉は、実際に口をついた言葉とちがっていたが。

「ライノ、こちらデイジー、つぎの目標へ向かう」

ふたたび受信応答は、送信ボタンを二回押す形で返ってきた。しかし、ナタリーはもはや気にかけていなかった。もし安全策をとって、脱出したら、彼女は生きのびるだろう。

しかしまた、もしナタリーが安全な人生を望んでいたら、彼女はそもそもライトニングⅡの操縦席に乗りこんでなどいなかっただろう。

73

シリア、
アル・タンフ前哨基地

　ジャックは深呼吸をすると、建物の側面をじりじりとまわりこんで、施設の内部をのぞきこんだ。彼が取っ組み合った戦闘員は、死んだか重度の障害を負って、足もとに倒れたまま動かない。乱戦はいつべつの方角に行くやもしれず、ジャックはふたたび不意打ちに遭っている余裕はないことを知っていた。もし彼が準軍事工作員としての人生でなにかを学んだとしたら、それは運にたよる人間は長生きしないということだった。

　いつもならジャックはまずライフルを使っただろうが、それは選択肢ではなかった。片手でライフルを撃つのは、音を立てるのにはいいが、それ以外の役にはほとんど立たない。いざというときには、たぶん約一メートル先の相手なら命中させられるだろうが、それ以上離れたら、ただの弾の無駄遣いになる。ジャックはＡＫ‐47を拳銃と即座に交換しただろうが、施設の住人たちは携帯銃器があまり好きではないようだ。

　ライフルか、丸腰かだ。

　しかし、ボディチェックで価値のあるものがなにも手に入らなかったわけではない。ジャックは携帯電話にくわえて、男からターバンと上着を奪っていた。どちらの品もジャックの青い目やアイルランド系の白い肌を隠しはしないだろうが、かぶり物はくしゃくしゃの髪を覆《おお》いかくし、シャツは血まみれの腕を隠した。厳重に調べられたらこの新しい衣装もごまかしはきかないだろうが、施設を見舞う混乱状態のなかなら気づかれずにすむかもしれない。

　ジャックは自動火器の連射がまた施設内に響きわたると身をかがめた。射撃の大半は建物を取りかこむ高さ四メートル半の盛り土の外で起きているようだが、遅かれ早かれそれは変わるだろう。いまでさえ戦闘員たちは塀のてっぺんを走りまわり、それまで班で操作する重火器を隠していた防水シートをはずしている。標的が見えているのかいないのかわからないが、ジャックが数えたところ、すくなくとも三挺《ちょう》の重機関銃が長い連射を浴びせていた。

アメリカの特殊作戦チームが一方的に撃たれているのは、たぶん反撃してさらなる砲兵射撃で機関銃陣地を制圧するまでだろう。そうなったら、ジャックは施設の高い塀が死の罠《わな》となることを知っていた。

移動する頃合いだ。

しかし、どこへ?

施設はモスクを中心に建設された大きな広場のなかに置かれていた。モスクの左側では、一面の炎と大きくうねる濃い煙が、以前は弾薬か燃料の集積所だったとジャックが推測した場所を指ししめしている。車輛《しゃりょう》置き場は右側に置かれ、車輛の種類と数は類を見なかった。セダンとハイラックス・トラックというありふれた顔ぶれにくわえて、ジャックはいくつもの驚きを発見した。そのなかには、装甲強化されたハンヴィーの列の横に駐車されたロシア製のBRDM四輪装甲車三輛もあった。

ロシア製車輛がそこにあることは、予想外だったとはいえ説明がついた。サダム・フセインの軍隊はこの偵察用車輛を多く使用していたからだ。しかし、ハンヴィーはジャックを戸惑わせた。もしアメリカの特殊作戦チームがすでに施設に潜入しているのなら、偽《にせ》のベンチャー資本経営者とロシア人ウェイトレスを見つけだす確率は飛躍的に高くなるだろう。

ジャックが生きのびる可能性はいうまでもなく。

しかし、それはまずありえない。

それでも、アメリカ軍チームとの合流をこころみることは、建物の側面に身を寄せて、つぎの戦闘員がまず発砲してからあとで誰何《すいか》しないよう願っているより、ずっとましに聞こえた。そう考えると、ジャックにあたえられた選択肢はあまり多くなかった。勇気と残された正気をかき集めて、ジャックは車輌置き場に向かって走った。パットン将軍がよくいったように、迷ったときは攻撃せよ、だ。

しかしまた、パットン将軍は一度も十字架に磔にされたことはなかった。

74

地中海、イスラエル制限作戦空域アルファ

ナタリーはつぎのミサイルの下に自分の戦闘機をだましだまし持っていったが、戦闘機は彼女がいつも飛ばしているダンスの名手とはほど遠い状態だった。スポーツカー・マニアが自分のドイツ製のモーター付き玩具をまるでレールに乗っているようにコーナリングさせる話をすると、ナタリーは失笑を禁じ得なかった。彼女の玩具は、その十倍も大きかったが、人体が耐えられるよりも速くコーナリングする能力を持っていた。もしナタリーが本気で戦闘機を構造上の限界まで追いこんだら、意識を失うより先に血管が破裂する可能性が大いにあった。

ただし、彼女がいま飛ばしている飛行機は、ポルシェ911と大衆車のフォード・

ピントがちがうのと同じぐらい、いつもの敏捷《びんしょう》な姿とはかけ離れていた。操縦桿と方向舵ペダルを突き上げる力はいっそう明白になっていた——ひどすぎて、飛行制御コンピューターが機体の回転運動を打ち消すのに苦労しているほどだ。たぶんフラップ兼用エルロンの一枚か二枚はすくなくともひびが入っているだろう。十中八九、主翼自体が破砕されている。それはつまり、過早《かそう》に疲労した金属が取り返しのつかないほど破壊されるのは時間の問題にすぎないということだ。

そうなったとき、主翼は一方向に、ナタリーと機体の残った部分は別方向に回転しながら分かれるだろう。いい知らせは、激しい回転のせいでたぶん彼女が意識を失うだろうということだ。悪い知らせは、彼女が永遠に乗機の一部として人生を終えることだ。

たいした慰めではないが。

操縦桿が今度はいっそう激しく震えると、大量の警告灯が点灯し、音声警告がいくつか鳴り響いた。ナタリーはそれらを無視して、そのかわりに、操縦系統で感じる不安定さなど、湿った海上の大気を突き進むミサイルが発生する見えない渦の航跡のなかを飛行することにくらべたら大したことはないふりをした。

そのおかげで、彼女はあることを思いついた。

ナタリーは認めたくなかったが、残るミサイルをひっくり返してそのとなりのミサイルにぶつけるのに必要な機敏さは、自分の能力を超えているのがわかっていた。猟師の散弾銃の一撃を食らった鴨《かも》のように、彼女の戦闘機のばたつく操縦翼面はもはや彼女が先に使った精確な編隊機動はおろか水平直線飛行を保証する程度にも反応していなかった。彼女のジェット戦闘機が繊細なダンスを踊る日々は終わったが、ライトニングⅡにはまだひとつたしかなものが残っていた。

推力だ。

かつて製造されたなかでもっとも強力な戦闘機用エンジンが生みだす、純粋で抑制されていない推力だ。

ナタリーはスロットルをアイドル位置に動かして、自分のジェット機を尾部から先に二発のミサイルの下方にすべりこませながら、送信ボタンを押した。

「ライノ、こちらデイジー、わたしは機体の制御を失いかけています。これからあることをやってみます。もしそれがうまくいかなかったら、ミサイルはあなたたちのものです。デイジー、通信終わり」

ライノの声が通信電波に響きわたったが、ナタリーは聞いていなかった。彼女のジェット機の推力重量比は一を少し上まわっている。つまり機体重量よりエンジンのパワーのほうが大きいということだ。必要とあらば、彼女は乗機を垂直に立てて、飛行機からロケットに変えることもできる。

そして、ロケットこそ彼女がまさに必要としていたものだった。

二発のミサイルがじりじりと自分を追い抜いていくのを見守りながら、ナタリーはライフルを腰だめで撃つように射撃の角度とタイミングを見積もった。やがて、角度がぴったりに見えたとき、彼女はエンジンを全開にして、自分のジェット機をライフルの弾丸に変えた。周囲の空気をかき回してハリケーン級の渦に変える、重量十七トンのライフル弾に。予想どおり、ナタリーは動的応力が主翼をもぎとるとすぐに姿勢制御を失った。しかし、背後で青い炎の柱を噴きだすエンジンの強力なパワーがあれば、ナタリーにもはや飛ぶための翼は必要なかった。

ジェット機は質《たち》の悪いロールに入ったが、彼女は心の準備をしていた。元デモンストレーション・パイロットは方向舵ペダルを踏みつけて、方位を維持した。邪悪な遠心運動が彼女を操縦席の側面に押しつけ、Ｇの力が急激に増大した。

ナタリーの世界は狭くなり、彼女のちっぽけな体は宇宙の創造者も意図しなかった仕打ちに耐えようとした。

それは勝ち目のない戦いだった。

しかし、それは承知の上だ。これはどっちが勝つかの戦いではなく、消耗戦だ。ナタリーは自分の脳から血を引かせようとする圧倒的な力との戦いに勝つ必要はない。貴重な数秒間、それを遅らせればいいだけだ。

ナタリーは歯を食いしばって、世界が回転するのを見守った。彼女の戦闘機は、残る二発のミサイルの前方で空を切り裂き、見えない衝撃波を発生しながら下から上へ横切った。旋回する渦が、残る巡航ミサイルに押し寄せ、岩山に激突する津波のように、空気のハンマーが二発まとめて叩きつぶした。噴霧する死神は空から墜落し、以前それがあった場所には、いまやアルミニウムの破片がかわりに雨あられと降りそそいで、テルアヴィヴのビーチのわずか手前の浅瀬にばしゃばしゃと落ちていた。

つぎの瞬間、海に白い水しぶきが上がり、一機のＦ-35がくるくるまわりながら海につっこんだ。

75

シリア、アル・タンフ前哨基地

　ジャックは車輛置き場に近づくにつれて、三台のハンヴィーがアメリカ軍特殊作戦チームのものではないと思うようになった。ひとつには、特殊作戦コマンド《SOCOM》の隷下《れいか》部隊に所属する特殊作戦部隊員は、とうの昔に平凡なハンヴィーを捨てて、もっと格好良くて性能も高いとされるＭＲＺＲ全地形車輛とＧＭＶ戦術車輛に乗り換えている。

　それに、三台のハンヴィーの物理的な状態もあった。あのアメリカ製車輛は土や汚れを山ほど貯めこんでいるが、アメリカ軍部隊はアメリカ軍の下士官に監督されている。どんな小隊軍曹も曹長も上級曹長も、自分の監督下にある車輛があんなお粗末な状態に成り下がるのを許したりしないだろう。

一台のヘッドライトは割れたガラス窓同然で、二台目のラジエーターはダクトテープと金網を半分半分使ってくっつけられている。三台目のハンヴィーは前の二台よりましだったが、フェンダーにそって浮いた錆《さび》のかけらが、欠けてはがれた塗料とあいまって、車をとくにひどい日焼けの犠牲者のように見せている。

アメリカ兵があんな維持のお粗末な装備で戦いに乗りこむことはぜったいにないだろう。

それはつまり、あれらの車がアメリカ軍のものではないということだ。

あいにく、ジャックがこの結論に達したのは、車輛置き場まで半分ほど行ったときだった。ジャックは動かなくなった戦闘員から盗んだかぶり物とシャツのおかげで多少目立たなくなってはいたが、カメレオンのような具合にはいかなかった。自分に注目を集めるようなことは、しなければしないほうがいい。そこで立ち止まって引き返すよりも、ジャックは前へ進みつづけた。

それに、車輛置き場は目的地としては悪くなかった。

ジャックは別方向へ走っていく戦闘員の集団をかわしながら、車輛の外側の列を縫うように進んで、汚れた褐色のハンヴィーを目ざした。車輛置き場は施設のほかの部分と同様、整然とした格子《こうし》状に配置されていた。低層の建物の列が、広大な置き場の向こう端を縁取っていて、きちんと列をなして駐車された車輌が外側に向かって広がっている。

三棟の建物にいちばん近い車輌群は、もっとも破損がひどい状態だった。乗用車はキアからヒョンデまであらゆる範囲にわたっていたが、どれもイラクあるいはシリアの街角で一般的に見られるメーカーと車種だった。ジャックがざっと見わたしたところでは、そのいずれもが現在すぐ走りだせる状態ではなかった。数台はボンネットが開いていて、大半が車体のどこかの部分を失っている。ボディのパネルがはずされてその下の骨格が見えている様子がジャックには奇妙に不吉に思えたが、その理由ははっきりと説明できなかった。

とはいえ、彼にはその問題をくわしく考察している時間はなかった。自動火器の連射が依然として宙を切り裂き、断続的な爆発がそれに風味をくわえている。誰もがどこかべつの場所へ行こうといそいでいるようで、走りまわる人の群れは総員配置を告げるクラクションに応じる水兵をジャックに連想させた。

その瞬間、ジャックは自分が見ていたものを理解した。施設の防御者たちは攻撃されることを予期して、この起こりうる事態にそなえて訓練していたのだ。いま彼らはその訓練にもとづいて反応している。彼らにとってジャックは、持ち場の防御陣地につくためにいそぐとき避けなければならないただの障害物だった。あらゆる意味で、ジャックは透明人間だった。

いまのところは。

ジャックが近づいていくと、車輛置き場の向こう端で民間車輛の寄せ集めにそって整列する男たちの群れが目に入った。集団のなにかがこの場にそぐわなかった。ほかの徴兵適齢期の男性がすべて武器を手に走りまわっているのに、十二名の男の集団は奇妙なほど動かなかった。

ジャックは進路からそれて、手近のハンヴィーのほうへ曲がり、車輛置き場の向こう端でどんどん増えていく人の流れに巻きこまれないようにした。すると、長い白のトーブとおそろいの頭巾を身につけたひとりの男が建物から出てきて、集団はまるでぼやけた画像に焦点が合うように整然とした列に並びなおした。男が話しはじめた。遠すぎてジャックには言葉が聞き取れなかったが、聴衆がそれに応じてする仕草は、容易に識別できた。

彼らは祈っている。

砲弾が降り、自動火器の銃声が施設内に響きわたるなかで、十二人の男たちは祈っていた。

〝なぜだ?〟

それからジャックは十二人の集団から目をそらし、建物の右側にきちんと隊列を組んで配置された車輛群に目を向けた。車輛置き場のほかの部分とちがって、この部分は金網のフェンスと管理された出入り口で分けられていた。ジャックが見守っていると、男たちは祈りを終えて、金網フェンスに向かっていっせいに歩きだした。

先頭に立つ祈禱《きとう》の導師が、首から下げていた鍵でゲートを開け、自分の前を通りすぎてゲートをくぐるひとりひとりの肩や背中をぽんぽんと叩いた。ジャックは車から男たち、そしてトーブを着た男へと視線を移し、自分が見ているものを理解しようとした。

やがてわかった。

施設のほかの居住者とちがって、この男たちはきれいに髭《ひげ》を剃《そ》っている。髭のない十二人の男は、たったいま銃撃戦のさなかで祈りを終え、いまや隔離された車輛群に乗りこんでいる。

タイヤの上で車体が深く沈みこんだ車輛に。

〝なんてことだ〟

ジャックは最期《さいご》の任務に乗りだす準備をする十二人の自爆テロ犯を見つめていた。

ジャックは一度でいいから、ひとりの悪党の心配をするぜいたくを味わいたいものだと思った。しかし、そのかわりに、彼はいつも多勢に無勢で、火力は足りず、悪い状況はいっそう悪くなるように思えた。ようするに、いつもどおりのご機嫌な一日というわけだ。

そう考えると、ジャックは笑みを浮かべそうになった。

しかし、背中に拳銃を突きつけられて笑みを浮かべるのはむずかしかった。

76

奇妙なことに、背骨をつつく丸い金属の棒は、安堵《あんど》感をもたらした。ナイフで向かって来られる場合、安全は相手との距離にかかっているが、それとちがって、銃を持った相手との遭遇で生きのびる確率は、相手が狙った獲物の近くに立てば立つほど飛躍的に高まるからだ。

その理由は、銃弾が近距離では破壊力が多少減少するせいではない。

秒速三百六十メートルで進む重量百十五グレインの発射物は、銃を撃った人間が狙った標的から十五センチのところに立っていようが、一・五メートルのところに立っていようが、臓器を簡単にずたずたにする。そうではなく、距離が近いことによる利点は、銃を持つ男が近くに立てば立つほど、狙った獲物が相手の銃を奪う可能性が高くなることなのだ。

ジャックの格闘技教官たちは、重圧下でも距離を判断する簡単な方法を教えてくれた。銃を持つ相手の肘にさわれるほど近くにいれば、相手の拳銃を奪うのにじゅうぶんなだけ接近している。ジャックが稽古《けいこ》で学んだように、拳銃を背中につきつけられるほど近くに立つ相手にはわずかの望みもなかった。

もちろん、使いものになる腕が二本あればの話だが。

またしてもジャックは自分に配られたカードにまったく感心しなかったが、可能性が低くても、ないよりはましだ。もし銃を突きつける見えない男がジャックを殺したがっていたとしたら、すでに撃っていただろう。それはつまり、男がじきに、ライフルを捨てろとジャックに命ずるということだ。ジャックは相手の命令にしたがうつもりだった。そして、地面に落ちるＡＫ－47に気を取られた隙《すき》を利用して、以前数え切れないほどやった拳銃を奪う動作をこころみる。

ただし、一本の腕だけで。

理想的とはいえないが。

だが、それは死ぬことだって同じだ。

ジャックは心の準備をして、傷ついた腕をどうおぎなうか思い浮かべながら、背中と肩で盛り上がる張りつめた筋肉をリラックスさせようとした。ここではパワーよりスピードが問題で、筋肉に力が入った状態ですばやく動くのはむずかしい。しかし、ジャックが予期していた命令はやって来なかった。すくなくとも、彼が予期していた形では。背中にかかる圧力は、最後に彼が気づいていることをたしかめるためにつついた後で消えた。足が砂利を踏みしめる音がして、銃を持つ男は後ろに下がった。

あきらかに、ジャックは格闘技の授業をたっぷり経験した唯一の人間ではなかった。

「ライフルを地面に置くんだ。ゆっくりとな」

ジャックは歯ぎしりをした。アメリカなまりだ。それはつまり、男がたぶんアイオワの農家の小せがれのような見かけをしているということだ。偽のベンチャー資本経営者か。では、彼のロシア人のガールフレンドはきっと――。

「ごくゆっくりとね。さもないと、わたしが今度おまえに開けてやる穴は、前よりずっと大きくなるよ」

第二のあきらかに女性の声は、ジャックの右後方から聞こえてきた。ウェイトレスの姿は見えなかったが、ジャックは彼女が肘にさわれる距離からたっぷり離れて立っていることによろこんで賭けるつもりだった。それに、たとえそうでなくても、スティーヴン・セガールでもないかぎり、ふたりの人間の銃を奪うのはむずかしいことで有名だ。

それを片手だけでやろうとするのは、スティーヴンでさえ躊躇《ちゅうちょ》するだろう。

ジャックはゆっくりとしゃがんでライフルを地面に置きながら、頭をフル回転させた。いい知らせは、探していたふたりの人間をついに見つけたことだ。

悪い知らせは、彼らが先にジャックを見つけたことだった。

77

「リーパー・セブン、こちらリーパー・シックス、状況報告、どうぞ」

ブラウン大尉の呼びかけがふたたび指揮周波数で聞こえてきて、ケアリーはふたりだけで話せることに感謝した。

「リーパー・シックス、こちらリーパー・セブン」とケアリーはいった。「すくなくともミサイル四発が発射され、こちらはまだ施設からの直接射撃を受けている」

ケアリーの最後の発言を強調するかのように、ＤＳｈＫ機関銃が施設の塀にならぶ銃座のひとつから騒がしく息を吹き返した。ケアリーが伏せると、車輛殺しの銃弾が隠れ場所の左右にある土の窪《くぼ》みを引き裂いて、彼に砂粒の雨を浴びせた。

「了解、リーパー・シックスはすべて受信した。例のアメリカ人はどうなった？」

「施設に駆け戻りました」ケアリーはそういいながら、ジャドの包帯を再点検した。傷口からの出血は止まっていたが、ジャドは意識不明におちいっていた。〝まずい〟。

「あのアメリカ人がなにをやっているかわからないし、気にかけている時間もない」

「了解した、リーパー・セブン。こっちもあやしげなやっかいごとが起きている。誰かがわれわれの通信網に押し入って、可能ならあのアメリカ人を支援するよういってきた。どうやら、あの男は施設内でほかの人質の位置をつきとめようとしているらしい、どうぞ」

「すべて了解」とケアリーはいった。「ですが、あの男には独力でやってもらわないと。こっちは釘づけにされ、緊急区分の戦傷者《WIA》一名とともに戦闘不能。リーパー・セブンは緊急対応部隊《QRF》を要請します、どうぞ」

「きみが要請しないのじゃないかと思っていたよ、リーパー・セブン」とブラウン大尉はいった。「ふんばるんだ、わが友よ。騎兵隊が行くからな」

　しばらくして、ブラウン大尉の声がチームの隊内周波数で響きわたった。

「リーパー各隊へ、こちらリーパー・シックス。わたしが戦闘を指揮する。ＱＲＦがすぐにも出発することになっており、われわれは主補給路ウィスキーまで移動して現地のリーパー・セブンを救援する。敵陣地に精確な射撃を浴びせつづけろ。ただし可能なら五区は避けるんだ。わたしが投下点タンゴと合図したら、わたしがリーパー・セブンを収容するまで連続射撃で全目標照準点を制圧するんだ。受信を確認せよ、どうぞ」

　ケアリーが聞いていると、リーパー隊の各コールサインがブラウン大尉の指示の受信を確認した。まいったな、だがうちのチーム指揮官はやる気満々だ。あの若いのはきっといい下士官になったろうな。

「リーパー・セブン、こちらスキルフル・ツー・スリー。われわれは四機編隊で、投下地点シエラ・ツー上空を接近中、どうぞ」

　あきらかな女性の声がケアリーのテストステロンでぼうっとした頭に即座に入りこんできた。二十年間のたえまない戦闘の結果、女性は以前にもまして軍隊のあらゆる側面にいっそう完全に溶けこんでいる。とはいえ、特殊作戦部隊関係者は依然として圧倒的に男性だ。そのため、地上の特殊作戦部隊員を支援するパイロットたちはとうの昔に、緊迫した交戦のさなかに通信連絡の任務を女性の同輩にまかせることの価値を学んでいた。

　ぼうっとしている男性の脳の注意を引くのに、女性の声にまさるものはない。

　ぼうっとしている脳についていえば、ケアリーは命がけで戦いながらジャドの手当をする興奮のなかで、F‐15編隊とその下腹に満載された小型爆弾のことをすっかり忘れていたことに気づいた。ケアリーは無線のボタンを押して、攻撃を中止するよう指示する略号を送信しようとしたとき、あるとほうもない考えを思いついた。もしかすると、あのイカれたアメリカ人に結局なにかしてやれるかもしれない。

「スキルフル・ツー・スリー、こちらリーパー・セブン」とケアリーはいった。「任務変更。くりかえす、任務変更。新たな指示を待て、どうぞ」

「こちらスキルフル、指示を送れ」

ケアリーは考えをまとめると、送信ボタンを押して話しはじめた。

78

　ジャックは、指からライフルがすべり落ちたとき感じた心細さに驚いた。いつもなら、携行している武器で自分の幸福を推し量ったりはしないが、ＡＫ－47のくたびれた木製銃床があたえてくれる安心感もいいものだった。とくに、いま自分の指が感じているものにくらべれば。

　つまり、無にくらべれば。

「ふりかえって。いわれたとおりゆっくりと」

　ジャックは自分を痛めつけた連中と向かい合ったとき、麻酔薬ケタミンが詰まった注射器で太腿《ふともも》を突き刺されて以来はじめて、少し満足感をおぼえた。いつもは冷静沈着なベンチャー資本経営者が、あきらかに前よりおちつきを失って見える。両袖は黒っぽい染《し》みだらけで、手は半分固まった血にまみれている。ジャックのように磔《はりつけ》にされたわけではないが、男の血走った目と乱れた髪は、彼もまたそれほど楽しい一日をすごしているわけではないことをしめしているようだった。

ウェイトレス改め死刑執行人のほうは、まったく疲れた様子を見せていないが、もはやセックス・アピールをふりまいていなかった。その頬は紅潮し、目は熱狂をどうにか自制しているようにぎらぎらしている。ロシア女は彼女の相棒とちがって乾いた血にまみれてはいなかったが、ブラウスには犯罪の証拠となるような赤褐色の斑点が散っていた。

「見つけてくれてうれしいよ」とジャックはいったが、その声はシャツの携帯電話に向けられていた。

「なぜ」とロシア女はいった。

「おまえたちふたりを探すために、この施設をしらみつぶしに捜索する手間が省けたからさ。科学者と息子の居場所を話せば見のがしてやる」

「見のがす？」ロシア女は一笑に付した。「おまえは丸腰で片腕だ。そう心配はしていないよ」

「だったら、考えが足りないな」とジャックはいった。「わたしを敵にまわしちゃいけない、本当だ信じてくれ。ふたりがどこにいるかいうんだ。最後のチャンスだぞ」

ウェイトレスがあざ笑い、ジャックは向き直って彼女と対面した。そのせいでジャックはつぎに起きたことに完全にそなえができていなかった。襲いかかる毒蛇の速さで彼女のボーイフレンドが突進し、拳銃でジャックの頭蓋骨を横ざまに殴りつけた。銃の照星がジャックの側頭部に溝をうがち、耳からこめかみ近くまで肉を切り裂いた。

　ジャックはうなり声を上げ、男とにらみ合ったが、相手はすでにジャックの手のとどかないところへ下がっていた。

「もうたくさんだ」と男はいった。「われわれはここを出ていく。おまえが運転するんだ。おまえのアメリカ人のお仲間たちはおまえがハンドルを握っていたらそう簡単には銃を撃ってこないだろうからな。ハンヴィーに乗って、エンジンをかけるんだ。さあ」

「ことわる」ジャックはそういって、使えるほうの手をずきずきする頭に押しつけた。頭の傷は出血することで有名で、すでに湿っぽいものが頬をつたって流れるのを感じることができた。

「そいつを殺しなさい」とウェイトレスがいった。「わたしが運転するから」

　そしてそのとき、空がまっぷたつに割れた。

79

空は実際にはふたつに割れなかったが、ジャックのずきずきする頭にはそう感じられた。さっきまで彼は銃を持つふたりの人間と向き合っていた。つぎの瞬間、彼はあお向けに寝そべって、非の打ちどころのない青空を見上げていた。

しかし、それは完全に事実とはいえなかった。

四つの物体が、そのほかは完璧な景色をそこなっていた。デルタ翼機がエンジンから二本の炎の柱をつきだしている。ジャックはこれまでソニックブームを受ける側に立ったことはなかったし、彼の疲れた体は、固い地面でしばらく手脚をのばすのもいい考えだと思った。

しかし、あいにくお務めが待っていた。

ジャックはイラン人とロシア人のうずくまる姿からころがって離れると、ライフルに手をのばした。指が傷だらけの木製銃床に触れた瞬間、銃弾が地面にだだだっと突き刺さり、顔から五、六センチのところで土煙を上げた。ジャックはAK-47を捨ててころがりつづけ、ハンヴィーの下にすべりこむと、銃弾が金属製の車体で火花を散らした。ジャックはいそいで手と膝をついて、装甲した三トン車をできるだけ多く自分と攻撃側のあいだに置いた。

　ジャックは、F-15の編隊が超音速で超低空を飛び抜けていくとは思っていなかったが、なんらかの形で相手の注意をそらすことを願っていた。彼がミスター・Cに電話をつなぎっぱなしにしていたのにはわけがあった。そして、ギャヴィンと恐れを知らないジョン・クラークはまたしても期待に応えてくれたようだ。ヴァージニアに帰国したら、ジャックはもしかしたらサイバーニンジャの長年の招待に応じて、〈コール オブ デューティ〉を一ラウンド、プレイするかもしれない。

すくなくとも、〈マウンテンデュー〉一ケースと〈トゥインキーズ〉一カートンをあのハッカーに買ってやるつもりだ。

　上空にはF-15の飛行編隊、施設外には特殊作戦チーム、そしてふたりの工作員が自分を殺そうと怒りくるっている以上、ジャックは外の世界との通信を確立するにはおそすぎるぐらいだと判断した。ハンヴィーの列からしゃがみ歩きで離れると、小走りで前方に見えるロシア製偵察車へ向かった。

ＢＲＤＭはハンヴィーの約二倍の大きさで、はるかに重装甲だ。ミスター・Ｃと先ほどの話のつづきをするあいだ身を隠すのには絶好の場所となるだろう。しかし、携帯電話に手をのばしたとき、ジャックの指はからっぽの布地を叩いた。携帯電話はきっとポケットから落ちたにちがいない。

それでも、状況はそれほど悪くなかった。衣類についた血痕でわかるとおり、イラン人とロシア人もまた、施設の居住者たちとそれほど仲良くはやっていなかったにちがいない。ジャックを痛めつけた連中は、外にアメリカ軍、内に怒れるシリア人の板挟みで、身動きの取れない状態だ。もしジャックが電話を見つけられたら、誘拐犯たちをまさに彼の望む場所で捕らえられるだろう。

しかし、息を吹き返したハンヴィーの音は、それとはべつのことをしめしていた。

80

低いエンジンの響きが本格的なうなりに変わり、ハンヴィーは車輛置き場から動きだした。ジャックの友人たちはパーティ会場をあとにしようとしている。それはつまり、ジャックをベッカとトミーと結びつける唯一の手がかりが排気ガスの雲とともに消えようとしているということだ。ジャックは自分もハンヴィーを盗むために引き返そうとしたが、そのときエンジンがつぎつぎと彼の背後で始動した。

ふり向いて彼は悪態をついた。

自爆テロ犯たちの一隊はいまやそれぞれの車輛に乗りこんでいた。あきらかに低空飛行する戦闘機が行動に駆り立てたのはジャックだけではなかった。祈禱の導師は門の前に立っていて、最初の車に進めの合図を送った。

ジャックは車輛搭載即製爆弾《VBIED》つまり自動車爆弾の爆発の現場を見たことがあり、犠牲者は兵士だけでなく、女性と子供も同じぐらい犠牲になる可能性があることを知っていた。この十二台の車を逃げださせることは、バケツいっぱいのガラガラ蛇を幼稚園の教室にぶちまけるのと同じことだろう。この人間巡航ミサイルどもが連中の意図する死と破壊をもたらすのをふせぐ方法があるとしたら、ジャックはやってみなければならないとわかっていた。

ジャックはBRDMに引き返すと、計画を練りながら、金属製車体によじ登った。計画としては、それほどすばらしいものではない。

しかし、それで間に合わせなければならないだろう。

81

　ソ連で使用された原型とちがって、この古めかしいＢＲＤＭ－２四輪装甲車は大幅に改造されていた。機関銃や無反動砲をはじめてハイラックス・ピックアップトラックに搭載した聖戦士の起業家精神を見習って、ＢＲＤＭの通常の機関銃塔は完全に取りはずされていた。

　そのかわりに、恐るべき武器が据えられていた。

　ジャックは、この四連装対空機関銃の正式名称を知らなかったが、気にしなかった。彼が知っているのは、この精巧な装置が車輛の油圧系から動力を得るのではなく、昔ながらの手回し式の旋回俯仰《ふぎょう》機構を持っていることだった。さらに好都合なことに、銃の横にはすでに弾薬箱が取りつけられていた。

　ジャックはいままでこの対空システムに出くわしたことがなかったが、その核心となる武器はソ連時代のＫＰＶ重機関銃の派生型だった。ＫＰＶは第二次世界大戦以降、いろいろな形で広く使われてきた機関銃だ。いったん基本的な作動の仕組みを理解してしまえば、機関銃の各派生型はおたがいにそれほどひどくちがっているわけではない。

ジャックは銃を調べた後で、すぐに装填機構を見つけて操作した。そのあとは、楽々と回転する旋回（左右）ハンドルと俯仰（高低）ハンドルをまわして、銃の照準を目標に合わせる簡単な問題だった。

いや、すくなくとも、手がふたつあれば簡単にまわせただろう。ジャックは片手なので、まず俯仰ハンドルをまわしてから、手を体の反対側にのばして旋回ハンドルをまわす必要があった。このぎくしゃくとした調整では、固定照準器をスムーズに目標に向けるわけにはいかなかったが、高速で移動する飛行機やヘリコプターではなく動いていない車の一団を撃とうとしているので、このジャック式照準法はうまくいくはずだ。

〝はずだ〟というのがこの場合重要な言葉だ。

ハンドルのあいだを二度行ったり来たりして、彼はやっと原始的な固定照準器を車輛置き場から出ようと行列する先頭の車輛に合わせた。それから、ジャックは左足で発射ペダルを踏んだ。

機関銃は撃つというよりは炸裂《さくれつ》した。炎の塊と削岩機のような強打が重なったせいで、ジャックは年代物の銃の一梃が爆発したのかと思ったほどだ。発射ペダルを離すと、ジャックは機関銃の円錐《えんすい》形をした消炎器の前方をのぞいて、自分の成果を見わたした。

破壊が待っていた。

しかし、ジャックがやろうとしていた破壊ではない。四連装機関銃の弾道は低く、数台の車がいまや燃えていたが、いずれもジャックと目標とのあいだに駐車しているものだった。車輛搭載即製爆弾《VBIED》の群れは無傷だった。ジャックが俯仰ハンドルをつかんでまわしたとき、最初の自動車爆弾であるキアが囲いを出て、逃げだした。

ジャックは車のボンネットに照準像を合わせて、発射ペダルを踏みつけた。

今度は彼も銃口炎にそなえていたので、四連装機関銃が作りだす火の玉の上を見ることができた。エメラルド色の曳光《えいこう》弾が四本の流れとなって不運な車に集中する。徹甲弾が車の薄い外板を切り裂くと、ゴルフボール大の発射物は車を叩きのめして金属塊を宙に舞い上げた。

つぎの瞬間、車は上下の歯がぶつかるような爆発を起こして吹き飛んだ。焼夷《しょうい》用銃弾の一発が車の邪悪な積荷をとらえたのだ。空から降ってくる金属がＢＲＤＭの装甲板で音を立てると、ジャックは身をかがめて、また発射ペダルを踏み、俯仰ハンドルと旋回ハンドルをまわしながら、銃弾の奔流を待機する車の列に浴びせていった。その結果起きた爆発はジャックを機関銃の情け容赦のない金属部品に投げつけ、衝撃波がBRDMに叩きつけた。

　かつて自動車爆弾を収容していた囲いは、いまや地獄の門さながらだった。炎が金網フェンスの向こうから押し寄せ、ゆらゆらとした波となって地面の上を突き進んできた。その熱波は溶鉱炉のようにジャックに襲いかかり、息のつまるような濃い煙が空に向かって噴き上げて、燃えるゴムとガソリンの刺激臭を運んだ。

　空から降ってくる残骸《ざんがい》の小雨は、本格的な土砂降りへと変わった。ジャックの前腕ぐらい大きな金属の一部が、彼の指先からほんの五、六センチのところで四連装機関銃にぶち当たって音を立て、彼はこれが脱出の合図だと判断した。自動車爆弾の地獄絵図からのもうもうたる黒煙がBRDMの上で渦を巻き、ジャックはいまや施設全体の注目を集めていた。もはや車の不揃《ふぞろ》いな破片だけが、BRDMの装甲板で跳ね返る金属製の物体ではなかった。

　跳弾がジャックの左側の弾薬箱で跳ね返り、金属をへこませてから、彼の頭をかすめた。ジャックは悪態をつくと、足もとで手招きする乗員区画を見おろしたが、そこにもぐりこみたい衝動と戦った。装甲された乗員区画は小口径弾をふせぐのにじゅうぶんすぎる能力を持っていた。しかし、操縦席とは離れていた。ジャックは深呼吸すると、四連装機関銃の陰でしゃがんでいた場所から跳びだして、車体の平らな天井部分をなかばころがり、なかばすべった。その平らな部分は、銃塔と車体前面の傾斜部の上端とのあいだにあって、そこに操縦手用ハッチが口を開けていた。

　最初の挑戦で、ジャックはすべりすぎて、気がつくと操縦手の前方視察窓である分厚いガラスの上で大の字になっていた。ジャックが横にころがって、ふたたび平らな天井部分にあわてて這《は》い上がった瞬間、銃弾がガラスのいま彼が横になっていた部分に命中した。車体からはじきとばされたジャックは、頭から先に操縦席にずるずるとすべり落ち、あやうく工具箱で自分の頭をたたき割るところだった。彼は両脚を引っこめてから、工具箱をどけ、ほこりっぽいキャンバス張りの座席に百八十センチをゆうに超える体軀《たいく》を押しこんだ。

　それから計器盤を調べた。

　予想しておくべきだったが、計器とボタンにはすべてキリル文字のラベルがついていた。しかし、これは致命的な問題ではなかった。ＢＲＤＭは次世代のステルス戦闘機ではなく、通常のガソリン・エンジンを積んだ装甲車だ。大半の軍用車輛のように、エンジン・キーはない。かわりに、ジャックはバッテリーの電源を入れて、点火装置を見つけるだけでよかった。

簡単だ。

外では、ＢＲＤＭの装甲板を強打する小火器弾のたえまないピンピンという音が、世界終末時計の音のように響いている。計器盤を見まわしてバッテリーのスイッチを探すジャックは、思ってもいなかったものに気づいた。長い鎖がハンドルに巻きつけられ、車輛の金属製車体に南京《ナンキン》錠でつながれて、ハンドルがまわらないようにしている。

簡単もこれまでだ。

82

ジャックはしばらくのあいだ鎖を無視して、自分がどうにかできそうなことに集中した――バッテリーのスイッチだ。ＢＲＤＭはジャックが生まれるずっと以前にはじめて就役した車輛だが、ダッシュボードはそれでも少し手を焼かせた。キリル文字だらけの計器が、用途不明の消えたランプやボタンとならんでいる。ギヤレバーとアクセルペダル、ブレーキペダル、そしてハンドルは容易に見分けがついたが、残りは謎だ。

計器とスイッチの海を見わたすジャックは、父の古い草刈り用トラクターの点火装置を連想させる押しボタンを見つけた。ゴムのボタン覆《おお》いを押してみたが、なにも起こらない。

電源が先で、つぎに点火装置だ。

雨あられと飛んでくる銃弾がいっそう騒がしくなるなかで、ジャックはいくつかのスイッチを無作為に入れてみた。計器群をもう一度、調べてみたが、結果は同じだった。興味深いスイッチや計器はたくさんあるが、動かない針や消えたランプに電力を送るものはなにひとつない。ジャックはそもそもバッテリーがつないであるのだろうかと思って、一瞬、心臓が止まりそうになったが、即座にその考えを押しのけた。もしバッテリーがだめなら二進《にっち》も三進《さっち》も行かない。ああだったらどうしよう、こうだったらどうしようと、くよくよ考えるかわりに、ジャックは車輛の設計者の身になって考えようとした。

ロシア製の武器は快適な使い心地で有名なわけではない。西側の操縦手は、指先ひとつでマシーンを操作するのに必要なすべてを見いだすことを期待している。しかし、ロシア製ではそうはいかない。ジャックはロシア人のように考える必要があった。

ジャックは体をねじって、操縦席の上と背後を見た。さらにレバーとノブ、計器があったが、電力を供給するものはなにもない。ジャックは藁《わら》にもすがる思いで完全に一周した。

そこで彼は見た。

ぽつんとひとつだけあるスイッチ。ジャックは祈りをつぶやきながら、金属製の突起を指でつまんで押し上げた。カチッという音が操縦席に響きわたり、つづいておなじみのブーンという音がした。

電気だ。

計器盤に向き直ったジャックは、ランプと揺れ動く針のクリスマス・ツリーを目にした。ジャックはかがんでスターター・ボタンに手をのばした。

ＲＰＧロケット弾が炸裂したのはそのときだった。

83

公平を期すためにいうと、ジャックが自分をぼろ人形のように操縦席の向こうに投げだした耳をつんざく爆発の原因を分析するには、少し時間が必要だった。最初はバッテリーの電源を入れたせいでなぜか爆発が起きたのだと思ったが、爆発の規模がその考えを否定した。これだけ古い車輌だと電気系統のショートは考えられないわけではないが、まず火の手が上がって、それから爆発が起きるだろう。

もっと可能性の高い説明は、彼を攻撃している連中がたったいま、賭け金をつり上げたということだ。

ジャックは操縦席に這い戻ると、点火装置のボタンを押した。エンジンがまわったが、かからなかった。ジャックは父親を感心させ母親を恐怖におとしいれただろう悪態のオンパレードを披露しながら、アクセルペダルを足でポンプのように踏んで、車内に流れこんでくる息苦しい煙を無視しようとした。

五回目のポンプ運動で、ジャックはふたたび点火ボタンを押した。

今度はエンジンが嵐のような轟《とどろ》きとともに始動した。ジャックはギヤをドライブに押しこむと、アクセルをいっぱいに踏みこんだ。ＢＲＤＭは身震いして、酔っぱらいの象のように前へ進みだした。少しありがたかったのは、開いたハッチから空気が流れこんできて、煙を寄せつけないようにする役目をはたしてくれたことだった。

それほど明るくない材料としては、ジャックの座席後方の金属がどんどん熱くなっていた。

しかも、ハンドルはまだ車体に鎖でつながれている。

カントリー・ソングの断片がふと心に浮かんできた――〝もし地獄を通り抜けているんなら、そのまま進みつづけるんだ〟（ロドニー・アトキンスの〈イフ・ユア・ゴーイン・スルー・ヘル〉の一節）。ジャックはその心境に心から賛同したが、歌手がいくつか重要な点をいい忘れていると指摘したい気がした。

たとえば、地獄がすぐ後ろをついてきた場合には、どうすればいいのだろう。

84

ジャックは激しくなる煙にむせながら、ハンドルをゆっくりと右に切り、鎖と南京錠が許す限度いっぱいまで引っぱった。高さ四メートル半の塀に囲まれた施設で車に鍵までかける必要がどうしてあるのかという問題はさておいて、ジャックはもっと差し迫った問題に集中した。

ハンドル操作に。

この分野では、彼はじつのところ、自分で思っていた以上にうまくやっていた。鎖の長さのせいで思い切ったハンドル操作はできなかったが、最後に鎖で固定した誰かさんは、南京錠をかけるまえに鎖をぴんと張っていなかった。そのため、鎖の長さが課した限界にぶつかるまでには少々のたるみがあった。

しかし、それほど多くはない。

ジャックはハンドルを握って左へ切り、鎖を引っぱりながら、衝撃にそなえて身がまえた。つぎの瞬間、右のバンパーが砂の詰まった〈ヘスコ〉防壁に衝突した。衝撃でジャックは座席からあやうく投げだされかけ、左肩が無慈悲な金属製車体に激突した。それでも彼は、操縦手の視察窓の後ろに座りなおすと、傷ついた腕から広がる激痛を正当な対価と見なした。

バンパー・カーの真剣勝負のように、ジャックは進路上の複数の障害物を使って車の進行方向を荒っぽく修正し、車輛の重量とスピードをじょうずに利用する方法を発見していた。それは精密科学とはいえなかったが、ジャックはハンドルが限定的にしか動かないにもかかわらず、装甲車をだいたい正しい方向に進ませつづけることができた。

だいたいだが。

施設の出入り口は、先史時代の鮫《さめ》類の口のようにジャックの目の前にそびえ立っていた。コンクリートから腰の高さまで起き上がった車輛侵入防止用の障害物は、ぎざぎざの歯を思わせ、コイル状の有刺鉄線の列は、海藻の切れ端のようにもつれあいながら出入り口を横切っている。ジャックはアクセルを全開にして、ＢＲＤＭに猛スピードを出させながら、出入り口に肉薄した。

門を警備する男たちは、生きのびて後日また戦うほうが殉教するよりいいと判断した。警備兵はふたりともBRDMに自動小銃の射撃を浴びせながら、同時に出入り口の両側の土嚢《どのう》で補強した掩蔽壕《えんぺいごう》に後退した。ジャックの脱出路は開かれた。ただし、地面から起き上がったばかりの消火栓のような車輌侵入防止用障害物をのぞけば。

　ジャックはアクセルを床までぐっと踏みこんで、BRDMのエンジンを安全許容範囲の限界まで回転させながら、手ごわい障害物を強引に突っ切る公算は五分五分だと計算した。おそらくあの装置は、施設の居住者を閉じこめておくためではなく、有象無象を立ち入らせないために設置されたにちがいない。それを考えれば、もし障害物が強化されたとしたら、構造的に施設の外からの攻撃を撃退する場合がもっとも強力であるのが理にかなっている。

　理論上は。

　しかし、正念場で銃弾が飛びかうとき、理論というものは少しばかり抽象的になる傾向がある。

　ジャックの思考を中断させるかのように、大口径弾が操縦手側の視察窓にぶち当たり、すでに割れた表面に蜘蛛《くも》の巣のようなひびを走らせた。装甲ガラスは持ちこたえたが、ジャックは反射的にハンドルを右に切った。鎖のおかげで装甲車は彼の過剰反応でも進路を完全にはそれなかったが、無事とはいかなかった。ジャックが強引に突破することを願っていた一基の障害物のかわりに、ＢＲＤＭの車体前面はいまや、ずんぐりとした二基の侵入防止装置のあいだに狙いをさだめていた。

すばらしい。

距離はあと十五メートルも残っていないので、とりあえずジャックにできることは、進路を調節してスピードを犠牲にするのか、このまま突進して最善の結果を願うのかしかなかった。どちらの選択肢もすばらしいとはいえない。そこでジャックは折衷案をとった。アクセルを床まで踏みこんだまま、ジャックはハンドルをほんのわずか左に切った。

そして、祈った。

やがて、時速六十キロで鋼鉄と鋼鉄が接触した。

85

今回、衝突はジャックを揺さぶるよりも彼の歯を歯肉から飛びださせようとした。いいほうの腕をハンドルに、左脚を車の床につっぱって身がまえていたが、それでも彼は結構な激しさで金属製車体に頭突きを食らわせた。

車体のほうが勝ったのは驚きではない。

ジャックの視界はぼやけ、苦痛の超新星が頭蓋骨いっぱいに炸裂した。ジャックは痛む頭を振ってはっきりさせようとして、汚れたダッシュボードに血しぶきを飛び散らせた。しかし、頭の新しい傷など、ほかの不安材料にくらべればたいしたことはなかった。金属と金属がきしむかん高い悲鳴のほうがジャックにはずっと心配だった。

それと、前進運動が突然止まったことが。

ジャックは視察窓から一瞥《いちべつ》してすべてを知った。彼はなんとかいちばん右の障害物をかわすことに成功していたが、その左側のやつがＢＲＤＭの車体下にはさまっていたのだ。激突する過程のどこかで、すさまじい衝撃がジャックの足をアクセルから完全に離れさせていた。ジャックは片手で体を操縦席に引き戻すと、ペダルを踏みつけた。

　エンジンがうなりを上げ、装甲車は前に飛びだしたが、障害物は持ちこたえた。

　ジャックは二進も三進もいかない状態だった。

　ジャックはアクセルを離してＢＲＤＭをおちつかせると、それからアクセルをいっぱいに踏みこんで、装甲車を前後に揺らした。前後運動のたびに、ゆがむ金属の大きな悲鳴はいっそう激しくなっていったが、頑固な障害物は降参しようとしなかった。

　今回、ジャックが口走ったおびただしい悪態の数々は、海兵隊出身の父さえもひるませたことだろう。ジャックは磔にされ、引きずられ、ＲＰＧロケット弾で撃たれ、二度置いてきぼりにされていた。彼の装甲車には火がつき、蜂の巣をつついたように怒りくるう聖戦士の集団は重火器でＢＲＤＭめがけて撃ってくる。集団のなかでも屈指の勇敢な者たちは、車の開いたハッチにうたがいなく手榴弾《てりゅうだん》を投げつけている。

　これだけのことがありながら、たった一基の車輛用障害物が彼を止めようとしているのか？

　きょうはごめんだ。

装甲車が身震いして、ジャックは横にすべった。体をささえようと手すりに手をのばしたジャックは、あやまってぽつんと一本だけあるレバーをぐいと引いた。それに応えて油圧装置がうなりを上げ、装甲車の車体前方の一部が下向きに移動した。ジャックは狭苦しい操縦室で立ち上がると、ぼろぼろの防弾ガラスにぶち当たってはつぶれる銃弾を無視して、ＢＲＤＭの車体前部ごしにのぞきこみ、たったいまなにが起きたのかを理解しようとした。装甲車の外形が変わっていた。どういうわけか、車体がいまや下にかしいでいる。

　そのとき彼は理解した。

「いや、こいつは驚いたな」とジャックはいった。

ＢＲＤＭは実際には水陸両用車だ。そのため、車の前端部分はブルドーザーのブレードのように油圧で動いて、操縦手がＢＲＤＭの流体力学的外形を調節し、荒れた水面でこの鈍重な獣により高い安定性をあたえるようになっている。ジャックはそのレバーをつかむと、中立位置からいちばん下まで倒して、アクセルを踏んだ。

ぞっとするような瞬間、ＢＲＤＭは天を向いた。車輛用障害物は前後に揺れる装甲車を相手にしたのと同様の冷静さで、押し下げられた波切り板《スプラッシュガード》が発揮する油圧の力に耐えた。やがて、金属の悲鳴が最高潮に達して、ばりばりという音に変わり、装甲車を前から後ろまで揺さぶった。つぎの瞬間、腰までの高さの大径タイヤが舗装道路を捉え、ＢＲＤＭは砲丸のように施設の出入り口から飛びだした。

ジャックは自由になったのだ。

しかし、外の世界はそれほどおだやかで平和とはいえなかった。曳光弾射撃がしなやかなエメラルド色の触手のように施設の塀から弧を描き、弾着する砲弾はほこりと破壊の雲を上げる。左側では、敵に発見された隠れ場所とおぼしき地点で一対の銃口炎がまたたき、そのいっぽうで警戒位置につくＧＭＶ特殊作戦車輛二台が重火器で支援射撃を浴びせている。しかし、花火大会はべつにして、ジャックの注意を捉えたのは、前方のおなじみの物体だった。

ハンヴィーだ。

角張った車輛は、施設から出る砂利道をはずれて、土手を下っていた。いまは車体後部を左右に振りながら土手を引き返し、雄鶏《おんどり》の尻尾のように砂利と土をまき散らしている。驚いたことに、ハンヴィーは銃撃を引きつけていないようだ。

いや、たぶんそう驚きではないかもしれない。

攻撃するアメリカ軍はたぶん味方の車輛を撃ちたくないだろうし、施設の防御側は同じようにハンヴィーを味方だと思っている。とはいえ、ハンヴィーは無傷で戦闘を切り抜けたわけではないようだ。右後方のタイヤは接地面がはがれつつあり、大きなゴムの塊がばたばたしている。タイヤの芯《しん》のゴムは無事なようだが、駆動力を失ったせいで車の安定性に影響が出ている。ハンヴィーは土手を上りきったが、道路の片側から片側へと蛇行し、運転手は車がまた土手を下っていかないように奮闘している。

ジャックにはそんな心配はいっさいなかった。スピードを上げると、しだいに濃くなる煙と背後の区画が発する熱を無視しながら、悪戦苦闘する車に突撃する犀《さい》のように肉薄した。ＲＰＧロケット弾が発生させた火災はなかなか消えようとしなかった。それどころか、ジャックがハンヴィーに追いつくより先に貪欲《どんよく》な炎が車の燃料タンクに達するかどうかは、たぶん五分五分の勝負だった。しかし、ジャックはそれでも変わらずにペダルをいっぱいに踏みつけて、蛇行する車に向かって疾走した。

ジャックは、獲物に飛びかかる準備をするクーガーのように、ＢＲＤＭが傷ついたハンヴィーに向かって突進する前に身構えるのを感じた。二台の車の距離がちぢまると、ジャックの頭にひとつの当惑するような考えが浮かんだ。

彼は的をはずしかけていた。

86

　ジャックは、状況を考えればほとんど超自然的ともいえる器用さで、鈍重な装甲車を運転していた。しかし、ハンヴィーに近づけば近づくほど、よりいっそう精確に車の方向をあやつる必要があった。

　鎖にはべつの考えがあった。

　ジャックが方向をより大きく修正しようとするたびに、鎖はぴんと張り詰めて、彼の努力をじゃました。いくらがんばっても、ターゲットの予測不能な左右の動きにはついていけなかった。ジャックにできるのは、道路のどまんなかに狙いをさだめて、ハンヴィーの道幅いっぱいの蛇行運転のあいだのごく狭いゾーンをとらえることを目ざすのが精いっぱいだった。

　これは相手との距離を詰めるにはいい考えだったが、ハンヴィーに体当たりするのに必要な精確さは得られなかった。相手が一度急ハンドルを切っただけで、ジャックはかわされてしまうだろう。一直線に進むのならジャックにはなんとかなったが、動く標的に命中させるのに必要な敏捷《びんしょう》な動きは彼の能力を超えていた。ハンヴィーがどんどん近づくにつれて、一直線に進むという考えのなにかがジャックの頭のなかを跳ねまわり、無視されることをこばんだ。

〝一直線〟

〝一直線〟

そのときわかった。

ジャックはアクセルを床まで踏みつけたまま、ハンドルから手を放し、鎖の張力を利用して、ハンドルが直進走行をたもつようにさせた。それから、永遠とも思える昔に押しのけた工具箱に操縦室ごしに手をのばした。

最初、ジャックは道路から目を離さずにすむように、座った位置から手をのばそうとした。しかし、でこぼこの金属の上を指先で二回すべらせたあとで、工具箱をつかむのをあきらめた。もし彼が計画していることに成功のチャンスがあるとすれば、ある時点で道路を見るのをやめなければならないだろう。

だったら、いまだっていい。

ジャックは視察窓を捨てて、床と平行になるまで向きを変え、精いっぱい体をのばした。探る指先が工具箱の把《と》っ手《て》に触れたが、そのときＢＲＤＭが道路の穴にぶつかって、把っ手は手のとどかないところへいってしまった。ジャックは悪態をついてもう一度挑戦し、リーチをのばすためにはじめてアクセルペダルを踏む力をゆるめた。

　ＢＲＤＭは減速したが、今回はジャックの手が金属に触れた。

　ぎっしり詰まった箱を座席まで引き寄せることでジャックの体の芯に火がついたが、彼は苦痛を無視した。一瞬うめき、さらに悪態をついた後で、彼は箱を望む場所まで持ってきた。さてこれからが正念場だ。ジャックは下に手をのばして工具箱の把っ手をつかみ、あつかいづらい箱を片腕で抱きかかえるようにして膝の上に乗せようとした。

　彼は失敗した。

　みじめなほどに。

　箱は床にすべり落ちて、操縦室中に工具をまき散らした。

　ジャックはがらくたを見つめ、それから、もし片手で工具箱を膝の上まで持ち上げられないのなら、たぶん重量が軽くなったのは禍《わざわい》転じて福となすだろうと判断した。

　ジャックは工具箱を持ち上げて両膝の上に乗せると、あらためて視察窓から外を見なおした。ハンヴィーは六メートルも離れていない。いまが最後のチャンスだ。ジャックはもう一度うめきながら、膝の上から右の膝頭へ工具箱をすべらせた。それから前にかがんで、箱をアクセルペダルの上に下ろした。

うまくいった。

ある程度は。

工具箱はアクセルを押し下げたままにしたが、床にぴったりとつくほどではなかった。ジャックの足がアクセルを床まで踏みこんだ状態にしていないので、装甲車はどんどん減速していた。

どうってことはない。

ジャックもそうだ。

ジャックは最後にハンドルを調節すると、操縦席に立ち上がり、体を持ち上げてBRDMの天井に乗った。頭が装甲板から出たとき彼が見た光景は、〝フライパンから逃げだして火のなかに飛びこむ〟（「一難去ってまた一難」という意味）といういい回しに新しい意味をあたえた。

87

「リーパー各隊、リーパー・シックスは投下点《RP》タンゴ。くりかえす、リーパー・シックスは投下点《RP》タンゴ、どうぞ」

ケアリーはジャドを最終確認してから、ライフルをつかんで穴から首をつきだした。頭上を鷹《たか》が旋回するなかで穴から顔を出すプレーリードッグ同然の気分だった。さいわい、〈トリプル・ニッケル〉のほかの隊員も同じようにしていて、作戦分遣隊アルファ《ODA》・チームが保有する全武器システムが目標に鋼鉄をたえまなく浴びせはじめた。

ケアリーは、Ｍｋ-19擲弾《てきだん》発射銃の低いダンダンという射撃音に五〇口径機関銃のしわがれた連射音がくわわるのを聞くことができた。砲弾が頭上で風切り音を上げてブライアンの百二十ミリ迫撃砲がその存在をしめすいっぽうで、連射するＳＡＷとＭ4のまちがいない乾いた銃声が空気を満たした。

その効果は見る者に畏怖の念をいだかせるようなものだった。銃砲弾が砦《とりで》の壁に縦横に命中し、はじけ飛ぶ土と石を空高く舞い上げると、施設からの銃砲火は弱まって、細々たるものになった。しかし、ケアリーの注目を集めたのは、この貴重な火力の恐るべき誇示ではなかった。かわりに彼は、自分のほうへ猛スピードでやって来る二台の車輛に気を取られていた。一台は、道路の端から端へと横滑りするハンヴィーだった。

もう一台は、よりいっそう興味深かった。

BRDMだ。

BRDMは燃え上がり、その天井にひとりの男が立っている。

「リーパー・シックス、こちらリーパー・セブン」とケアリーはいった。「こまったことになった」

88

　ＢＲＤＭの後部は燃え上がっていた。煙の幕のなかで炎がそこかしこにつきだしているたぐいの〝燃え上がる〟ではない。いや、これはバプテスト派の説教師が日曜の朝に力説するたぐいの〝燃え上がる〟だった。一面の炎が乗員室から立ち上り、味がするほど濃い息づまる黒煙の柱で縁取られていた。

　車の前進運動によるかすかな向かい風がなければ、ジャックは自分がその場ですぐに死んでいただろうと思った。しかし、ＢＲＤＭの天井部分に立って窒息することはない。それはつまり、計画の第二段階に取りかからねばならないということだ――ほんの一メートルほど先をあちこち動きまわっているハンヴィーに。

　ハンヴィーは、早朝の霧のなかに姿を現わす幻影のように、ＢＲＤＭをつつみこむ煙のうねりからじりじりと遠ざかった。つかのま、とんでもない速さで通りすぎていく砂利道以外には、なにひとつ見えなかった。つぎの瞬間、ハンヴィーの黄土色をしたでこぼこの車体が、ジャックの左側のほとんどさわれるほど近くにぬっと姿を現わした。しかし、ジャックが反応する前に、ハンヴィーは姿を消し、ふたたび渦巻く煙に呑みこまれた。

ジャックは悪態をつくと、勇気をふりしぼってできるだけ天井の前端ににじり寄った。刺激性の煙のせいで目から涙が流れ、肌は熱気で赤くなったが、すぐ先にハンヴィーの車体が見えた。ハンヴィーはファストバック・タイプのひとつで、リヤウィンドウのかわりに、車体後半部が傾斜した金属製の一体部品になっている。その部分は、天井の回転式銃架の開口部から後部バンパーまでなだらかに下って、ある種の傾斜路を思わせた。

自分がやろうとしていることの無謀さをよく考えるまえに、ジャックは熱が耐えられなくなるまですり足で後退して、それからＢＲＤＭの天井の端から端までダッシュした。端まで来ると、ジャックは自転車を漕《こ》ぐように両脚をまわし、いいほうの腕を風車のように回転させながら、空中にジャンプした。永遠にも思えるあいだ、彼は虚《こ》空《くう》を進み、風はヒューヒューと音を立てて顔をかすめ、足の下には空気以外なにもなかった。

それから、ハンヴィーが錆《さび》だらけの鉄壁のように現われた。

ジャックははっと息を呑んだかと思うと傾斜した装甲板に激突し、とっさに左手をのばして衝撃をやわらげようとした。判断ミスだ。痛みが腕全体に走り、ジャックは肺が張り裂けるような叫び声で激痛を表現した。彼はハンヴィーの傾斜した車体後部でつかまる場所を探しながら、なだらかな斜面の上を、回転する危険なタイヤのほうへずるずるとすべっていった。

手がかりになるものをつかもうとするジャックの指が、しなりのある長い鋼鉄を握りしめた。彼はその金属棒に闘犬のように猛然としがみついた。見上げたジャックは、自分が車のホイップアンテナを捉えたことに気づいた。アンテナの先はハンヴィーのバンパーに結んで止めてある。

いや、すくなくとも、止めてあった。

あきらかに、無線アンテナは体重百キロの男をささえるようにはできていなかった。アンテナは危険なほど下に曲がり、鱸《すずき》ではなく頬白鮫《ほほじろざめ》を釣ったアマチュア釣り人の釣り竿《ざお》を思わせた。ジャックはアンテナが曲がるにつれてじょじょに下へすべっていき、さらに路面にじりじりと近づいた。左手を使おうとしたが、傷ついた腕は負担に耐えられなかった。

ジャックは這い上がることも、いまいる場所に留まることもできなかった。

彼は絶体絶命だった。

周囲を見まわしたジャックは、腰とほぼ同じ高さにある金網製の荷物積載ラックに気づいた。その小さな囲いはハンヴィーの車体に溶接されているようだ。おそらく追加のディーゼル燃料缶か、あるいはたぶん予備の弾薬箱を積むためのスペースだ。どういう目的で考案されたにせよ、ジャックにはその鉄格子《てつごうし》が天国のように見えると思った。

ジャックはアンテナを下に曲げながら、左脚を振ってラックに乗っかろうとした。

これも判断ミスだ。

アンテナは負担がかかってしなり、ジャックは深く沈みこんで、右足が地面をこすった。猛スピードで通りすぎていく砂利道が彼を車からさらっていこうとすると、彼は叫び声を上げて、両膝を胸のほうへ折り曲げた。なにかが肩ではじけた。ジャックが落ちていくあいだ、右手は長いアンテナをずるずるとすべった。いまその指がアンテナのもっと太い基部を見つけた。ジャックはもっと太いアンテナ取りつけ部をつかむと、アドレナリンに焚《た》きつけられた爆発的な力でハンヴィーのほうへ体をねじりながら、もう一度、金網のほうへ左脚を振った。

今度はブーツが積載ラックの内側にはいった。

サーカスの曲芸師も誇りに思ったであろう身のこなしで、ジャックはハンヴィーのほうへ体を回転させ、左脚をあくまでもしっかりと固定しながら、必死に右脚で傾斜した車体表面に足がかりを探そうとした。つかのま、ジャックの右脚はハンヴィーをなすすべもなく蹴り、だんだん体力が失われていった。それから、一瞬自暴自棄になったジャックは、左脚で蹴って跳び上がり、アンテナの危なっかしい中央部をつかんだ。

　またしても金属がしなったが、今回はジャックも準備していた。上体が垂直になった瞬間、右足の爪先をラックの左脚のとなりに引っかけた。この曲芸に身震いしながら、ジャックは体を押し上げた。

　両方の足もとが定まったおかげで、ジャックは多少の安定性を得たが、出し抜けに、気まぐれなホイップアンテナが外側に、ハンヴィーから離れるほうにしなった。またたくまにジャックは逆回転していて、うずく肩と働きすぎの腹筋以外に彼の動きを止めるものはなにひとつなかった。ジャックは脚一本で椅子のバランスを取ろうとする馬鹿者のようにひっくり返りつつあった。彼はアンテナの基部をつかもうとした。

　手遅れだった。

彼は倒れつづけた。

ＢＲＤＭが爆発するまでは。

火の玉はジャックを打ちのめし、衣服を焦《こ》がして、皮膚に火ぶくれを作った。しかし、それにともなう爆風はその苦痛だけの価値があった。さっきまで彼はハンヴィーの後部でゆらゆらしていた。つぎの瞬間、彼は傾斜する金属製車体にフロントガラスの虫のように貼りつけられていた。

悲鳴を上げる体と煙る衣類を無視して、ジャックは上に手をのばし、ハンヴィーの回転式銃架をつかもうとした。金属製の手すりをつかみ、金網に脚を踏んばりながら、ハンヴィーの傾斜した面に体をぴったりと押しつける。しばらくのあいだ、彼はそのままじっと動かずに、身震いするような息づかいの後のひと休みをした。それから、両足の間隔を広げ、荷物ラックの両端に爪先を掛けた。砂漠を疾走するハンヴィーの後部に立つジャックの頭には、ひとつの考えしかなかった。

これを終わらせるときが来た。

89

　ハンヴィーに乗っている人間はふたりとも武器を持っていて、ジャックが知るかぎり、依然として両手を完全に使うことができる。しかし、どうということはない。ジャックは技巧に欠けるし、たいした戦術家でもなく、衝動的に行動する。どれも正しい。同じように正しいのは、ジャックがもっと資格を手に入れるのがむずかしいなにかを持っているということだ。

　本能的ななにかを。

　ジャックはハンマーで、ハンヴィーには打たねばならない釘が二本ある。

　自分がこれからやることを脳裏に思い浮かべた後で、ジャックは回転式銃架の円形の開口部からハンヴィー車内に身を躍らせ、戦争を開始した。まず右足をくりだしたジャックは、ちょうど脚が伸びきった瞬間にウェイトレスの頭を捉えた。ブーツが頭蓋骨を砕く胸の悪くなるような音は、彼女の顔が防弾ガラスに跳ね返る鈍い音にくらべれば大したことはなかった。

力なく床にすべり落ちた様子からして、彼女は戦線離脱だった。

彼女のボーイフレンドはそうではなかった。

男が対応に間に合うタイミングでジャックを目にしたのか、ジャックが襲いかかったときハンヴィーの不安定な運転を修正する途中だったのかは、わからない。いずれにせよ、結果は同じだった。男はジャックが車内に躍りこんだちょうどそのときハンドルを左に切り、慣性力でジャックは後部席にころがり落ちた。

問題はない。

ジャックは運転手のほうに体を回転させ、腰にひねりをきかせながら、頑丈な右手をくりだした。これはボクシングの試合や柔術の畳上のスパーリングのような礼儀正しいものとはわけがちがう。これはよく知られたエレベーター内の戦いであり、追いつめられた猛犬をやらせたらジャックにまさる者は誰もいない。

そう、ほとんど誰も。

ジャックのハンマーのような拳は、運転手がブレーキをかけると、その誘うような右耳から数ミリそれた。ジャックは頑丈な座席の背もたれにつっこみ、まだ出血中の額をクッションがついていない金属板のべつの部分にぶつけて、床に倒れた。

彼のすばらしい幸運ぶりにふさわしく、ジャックは左腕から床に落ちて、肉がさらに大きく口を開けた。全身に電気のような衝撃が走り、目に涙があふれる。よいほうの手で金属製の床板から起き上がったジャックは、自分が拳銃の筒先と向かい合っていることに気づいた。銃が離れすぎてつかめないと知ると、ジャックは次善の策に出た。

内なるハンマーを呼びだしたのだ。

ジャックはうめき声とともに、運転席の背もたれに究極の肘打ちをお見舞いした。彼は骨の先端がキャンバスの座席をつらぬいて、運転手の脊椎《せきつい》をまっぷたつに切り裂くところを思い浮かべた。そのすべてはできなかったが、ジャックは男が拳銃を撃ったとき狙いをはずさせるのにはたしかに成功した。

完全とはいかなかったが。

跳ね返った銃弾は、野球のバットなみの力でジャックの左肩にぶち当たった。腕につたわるしびれを無視して、ジャックはよいほうの手で男の銃を持つ手首をつかむと、背もたれを支点に使って下にひねった。拳銃が音を立てて床に落ちる。男は座席ごしに身を乗りだし、ジャックの頭にジャブをくりだした。ジャックが額でパンチを受けとめると、拳の骨が折れるうれしい音がした。

いまや、ふたりとも片手しか持っていない。

しかし、ジャックは、より凶暴だった。

運転手の手首を離すと、ジャックは相手のシャツをつかんで、前に引っぱりながら、もう一回、頭突きを食らわせた。ジャックは男の鼻を狙っていたが、かわりに口に命中した。問題はない。効果は同じだ。

血が噴きだし、骨が折れた。

運転手はあきらかにもうたくさんだと判断して、ハンヴィーのドアを開け、逃げだした。ジャックは落ちた拳銃をつかむと、後部ドアを肩で押し開けた。車から半分ころがりだし、半分這いだすようにして、背中から落ちた。

煙の靄《もや》をとおして、車輛隊が、機関銃を搭載した一台のＭＲＺＲにひきいられて、自分のほうへ急行してくるのが見えた。全地形車輛の助手席に陣取る機関銃手は、ジャックの頭ごしに銃火の奔流を背後の施設に浴びせた。しばらくして、ＭＲＺＲのあとを追うＧＭＶの重火器に取りついた戦闘員たちが戦闘にくわわり、武器弾薬で施設の戦闘陣地を叩きのめした。

騎兵隊が到着したのだ。

それはつまり、ジャックが事態にけりをつけなければならないということだ。

ジャックはころがって脇腹を下にすると、逃げていくイラン人に拳銃の照準器を合わせて、二度発砲した。二発目は血の塊と骨の破片とともにイラン人の膝を吹き飛ばし、スパイは地面に崩れ落ちた。

ジャックは近づいてくる車輛隊を無視して、運転手のところへよろよろと歩いていき、男の顔に拳銃をつきつけた。

「あの科学者がどこにいるかいえ」とジャックはいった。「さあ」

「ことわる」と男は答えた。「おまえはぜったいに――」

ジャックは運転手の肩に銃口を押しつけて引き金を引いた。

スパイは悲鳴を上げ、唾のしぶきが唇をおおった。

「いうんだ」とジャックはいった。

「おまえはアメリカ人だ」と男はいった。「おまえには――」

今度は、吹き飛ばされた膝だった。

運転手は気絶した。ジャックは手の甲で男の横っ面《つら》を張った。

二度目の平手打ちで男の目が開いた。

「わたしには弾がもう十発あるし」とジャックはいった。「つぎは神に誓っておまえのイチモツを吹き飛ばしてやる。彼女はどこにいる?」

運転手はうめいたが、ジャックに知っていることを話した。
やつらはいつだってそうするのだ。

エピローグ

ヘリコプターは猛然と進入し、駐機場のわずか一メートルほど上で機首を引き起こした。回転翼の吹き下ろしがジャックに砂粒とほこりを吹きつけたが、彼はへっちゃらだった。高速で飛来するヘリコプターは、満足しているパイロットと等しい。満足しているパイロットは、任務の成功を意味する。

すくなくとも、それがジャックの願っていることだ。

イスラエルの国防相はジャックに、技術の粋を凝らした指揮所で彼女のとなりの席からリアルタイムで作戦を見守ってはどうかと申しでたが、彼はことわっていた。知らない人間たちが自分の気にかけている人々を救出しようとするあいだ、なすすべもなく傍観しているという考えに耐えられなかったからだ。それに、ジャックが気がかりだったのは、ベッカとトミーだけではなかった。彼を救出するのに手を貸したグリーンベレー隊員のひとりが二度目の手術を受けようとしていた。三日月が海の上に昇るのを見ながら神のお力添えを祈るのに、イスラエルの飛行列線以上によい場所があったとしても、ジャックには思いつけなかった。

「パイロットってやつは、任務が成功した後にしか無茶な飛行をしないものだ」ドゥドゥがそういった。彼もジャックと同じことを考えていた。

「じきにわかるさ」とジャックは返した。

もっとも、誰かにベッカとトミーを生きて連れ戻す可能性があるとしたら、それは数時間前に出ていったヘリコプター二機分の荒くれ男たちだろう。連帯の表明として、強襲部隊の武装隊員は二十二名を数えていた。サイェレト・マトカルから十一名、前日にアメリカから派遣された緊急対応部隊であるＳＥＡＬチーム６から十一名。

ジャックが任務前の状況説明で見たかぎりでは、いずれの部隊も相手と協力することをそれほどうれしがってはいないようだった。しかし、結局のところ、軍隊は政治家のいうことをやるものだし、ジャックの父とイスラエルの首相はベッカとトミーを誘拐した連中にメッセージを送りたがっていた。アメリカ合衆国大統領はアメリカ人を誘拐する行為が致命的な結果を招くと組織に知らせたがっていた。イスラエル政府はヴァグネル・グループの傭兵《ようへい》たちに、イスラエルの国土で活動することは長寿と幸福をもたらさないと理解させたがっていた。

ジャックはいずれのメッセージもはっきりと明瞭に受け取られることを願っていた。

ブラックホークは着陸灯で闇をつらぬきながら、駐機場の端まで地上滑走してきた。

「来いよ」とドゥドゥがいった。

ジャックは一瞬ためらった。駐機場と飛行列線自体の境界をしめす赤い二本線を踏み越えた場合に身にふりかかる危害について受けた露骨な指示を思いだしたからだ。

それから、指示を無視した。

ドゥドゥは中止された潜入作戦で受けた銃創のせいで吊り包帯が欠かせなかったが、依然としていまにも暴走しそうな危険物の雰囲気をぷんぷんさせていた。空軍の警備要員は飛行列線の決まりごとを押しつけることで有名だが、ジャックはシン・ベト局員をたよりにしていた。

ジャックはがっしりした男のあとについて、しだいに羽根の回転数を落としていくヘリコプターのほうへ進んでいった。ジャックはいまや自分でも吊り包帯をしていて、降りてくる同乗者たちが暗闇のなかで待つふたりの立会人をどう思うだろうと考えざるを得なかった。

サイレンが夜気を裂いた。ジャックは肩ごしに目をやって、点滅する赤とオレンジのライトを見ると呪いの声を上げた。

「救急車だ」とドゥドゥがいって、車の進んでいく先を目で追った。「よくないな」

救急車は先頭のヘリコプターの回転翼半径のすぐ外で急停止し、ふたりの救急隊員が後部ドアから飛びだしてきた。ふたりで車輪付きのストレッチャーを押している。あきらかに、ヘリコプターが猛然と進入したのにはほかに理由があったのだ。

ふたりの男がブラックホークから降りてきた。もうひとりをはさんで抱えている。救急隊員が一団を迎えるために駆けつけ、負傷した特殊作戦部隊員をストレッチャーに抱え上げてから、五人で押し合いへし合いしながら駆け足で待っている救急車へ向かった。ジャックは負傷した武装隊員がさらにいたばあいにそなえて後ろにひかえているつもりだったが、ドゥドゥはいっさい頓着しなかった。シン・ベト局員は肩を怒らせて、手近のヘリコプターへ向かうと、聞く耳を持つ誰彼となくヘブライ語で質問をどなった。

ジャックはあとを追いかけだして、それから足を止め、やはり同乗者を下ろしている二機目のヘリに注意を向けた。

合同作戦と銘打たれてはいたものの、強襲チームは国籍ごとにわかれてヘリコプターに乗っていた。おそらく主として作戦上の配慮のせいだろうが、両国の関係の現状を象徴してもいた。イスラエルはいまだにアメリカが承認されていない作戦を自分の国で実施したことに深い怒りをおぼえているいっぽう、アメリカ側はイスラエルの作戦上の機密保持、とくにシン・ベトのそれにまったく感心していなかった。

イランのスパイとの最初の情報聴取は決定的とはほど遠かったものの、二重スパイ《もぐら》はいないというのがいまやほぼ一致した意見のようだ。そうではなく、シン・ベトの強化されたコンピューター・ネットワークが、アイアン・ドームの物理的に切り離されたシステムとほぼ同じやりかたで侵入されていたのである。あきらかに、大胆な諜報作戦を成功させることができる国は、イスラエルだけではなかった。いずれにせよ、合同救出作戦はいいきっかけだが、やるべき仕事はまだたくさんあった。

とはいえ、ジャックはすでに関係が修復されつつあると感じていた。どうやらひとりのアメリカ人F-35パイロットが自分の命を犠牲にしてイランの巡航ミサイルからテルアヴィヴを救ったらしい。彼女の英雄的行為の報道はイスラエルとアメリカ両方のテレビでひっきりなしに流れている。その結果、ソーシャルメディアは普通のアメリカ人とイスラエル人のあいだでかわされる心温まるメッセージで興奮状態にある。両国の国民がおたがいを高く評価するとき、両国の政治家もまたそれに同調するというのは、外交官でなくてもわかることだ。

しかし、関係する国際問題は、ジャックの領分をはるかに超えていた。かわりに、彼はブラックホークから出てくる人影に意識を一心に集中した。

　最初のふたりはお決まりの幅広い肩をした完全装備の特殊作戦部隊員だった。長い髪とふさふさとした髭《ひげ》は、彼らがヴァイキングか由緒《ゆいしょ》あるＳＥＡＬチーム６の隊員であることをしめしている。しかし、その同類がさらに三人、駐機場に飛び降りたあとで、一見場ちがいな人影がふたつ、それにつづいた。

　あらゆる礼儀作法をかなぐり捨てて、ジャックはヘリコプターに駆け寄った。ふたりはちょうど、ブラックホークの着陸灯が投げかける光だまりに足を踏み入れたところだった。

「ベッカ」とジャックはいった。「トミー」

　ベッカは自分の名前が聞こえたほうをふりむいた。ジャックを目にするや、彼女は彼を抱き寄せた。

「あなたはわたしたちのことを忘れていなかった」ベッカはそういって、抱擁を解いた。「来てくれるとわかっていたわ」

「わたしじゃないよ」ジャックは笑いながらそういって、吊り包帯を上げて見せた。

「だが、何人かの友だちが手を貸してくれてね。だいじょうぶ？」

　ベッカはゆっくりとうなずいた。「連中はわたしたちを痛めつけなかったけれど、恐ろしかったわ、ジャック。恐ろしかった。救出されたとき、わたしは自分たちを捕らえた連中に死んでもらいたかった。心の底からそう願った。でも、それでも恐ろしかった」

「わかるよ」とジャックはいった。「わかるさ、信じてくれ。でも、やがて記憶は薄れていくものだよ」

　ジャックはベッカから手を離すと、トミーの前にしゃがんだ。

「調子はどうだい、相棒？」とジャックはいった。

　いつもどおり、トミーの視線は地面に集中していた。しかし、ジャックの声を聞くと、少年は一歩、近づいた。

「ああ、そうだ」とジャックはいった。「きみにプレゼントがあるんだよ」

　ジャックはポケットから新しい〈キャプテン・アメリカ〉のフィギュアを取りだして、トミーの手に載せた。少年はまたしても無言だったが、その指は関節が白くなるほど強くフィギュアを握りしめた。

「ドクター・シュウェイガート、どうかいっしょに来ていただけますか」

　ベッカは、闇のなかから姿を現わしたＳＥＡＬ隊員からジャックに視線を移した。顔に怪訝《けげん》そうな表情が浮かんでいる。

ことがあるのさ」

「だいじょうぶだ」とジャックはいった。「彼らにはきみに質問しなければならない

「きっとそうでしょうね」とベッカはいった。「ありがとう。こんなにしてもらって」

世界のパワーバランスをゆるがしかねない知識を持つ控えめな科学者は、ジャックをもう一度、力いっぱい抱きしめた。それから、息子をつれて歩き去った。

ジャックはふたりが夜のなかに消えていくまでこの小さな家族を見守っていた。やがて、ポケットから新しい携帯電話を取りだすと、電話をかけた。

「リーサンヌ？　やあ――ジャックだよ」

訳者あとがき

村上和久

ジャック・ライアン・ジュニアにとって、それは、イスラエルでスパイ候補者の評価を手伝う簡単な仕事のはずだった。私設対テロ情報機関〈ザ・キャンパス〉で師と仰ぐベテラン工作員ディング・シャベスからの頼まれごとで、さっさとそいつを片づけてあとは地中海で久しぶりのバカンスを満喫するつもりだった。

目の前で、いたいけな母と息子が、ナイフを持った暴漢に襲われるまでは……。

本書『奪還のベイルート』（原題 *Target Acquired* 二〇二一年）は、世界的大ベストセラー作家トム・クランシーが創造したスーパーヒーロー、ジャック・ライアンの息子であるジャック・ライアン・ジュニアを主人公に据え、彼が中東を股《また》にかけて、母子奪還のために孤軍奮闘するスケールの大きな国際冒険スパイ小説だ。

ジャックの素早い判断で母子の危機は回避されたが、彼は襲撃犯と間違われてイスラエルの防諜《ぼうちょう》機関シン・ベト（別名シャバク）の美人局員タルと特殊部隊上がりの局員ドゥドゥによって拘束されてしまう。

やっと疑いが晴れて解放されたとき、ジャックは自分の所持品のなかに、スーパーヒーローのフィギュアがまぎれこんでいることに気づく。それは、暴漢の襲撃にあったトミー少年が肌身離さず大事にしていた、かけがえのない品だった。

ジャックは、シン・ベトのタルの協力を得て、大事なフィギュアをトミー母子に返してあげようと決意する。しかし、それが彼をやがて孤独な奪還作戦へと導くことになろうとは……。

しかも、事件の背後には、世界のパワーバランスを一変させる重大な機密と、それをめぐる超大国の諜報機関やイランのテロ支援組織コッズ部隊の司令官、イスラエルの秘密情報を骨抜きにするイランのスーパースパイ、そして世界終末思想のカルト教団教祖の策謀が渦巻いていた。

『国際テロ』（二〇〇三年、新潮文庫）で、〈ザ・キャンパス〉に採用されたジャック・ライアン・ジュニアは、それ以降、抜群の体力と頭脳を生かして、この影の情報機関の工作員兼分析員として世界を飛び回り、幾多の作戦でその手足となって働いてきた。ところが今回のジャック・ジュニアは、ＣＩＡの助っ人としてイスラエルのテルアヴィヴに派遣中。イスラエル側には無断の任務とあって、現地でのサポートは受けられない。

しかも、ジャック自身も三十代半ばを迎えて、この任務を自分が工作員として独り立ちしたことを証明する機会ととらえている。よって今回は〈ザ・キャンパス〉との接触を最低限にして、知り合いもいない異国で、自分の経験と能力だけをたよりに孤軍奮闘することを選択するのだ。

そして、謎《なぞ》の組織から母子を奪還するという義侠心《ぎきょうしん》に駆られ、組織を離れて体当たりで突き進むジャック・ジュニアは、幾重にも罠《わな》が張りめぐらされたスパイ・ゲームのなかで、誰もが想定外の要素となって、大きな波乱を巻き起こすのである。

したがって、本書は、巨大な陰謀に立ち向かう〈ザ・キャンパス〉のメンバーたちというおなじみの群像劇スタイルよりも、ジャック・ジュニア個人の行動に焦点があてられ、読者が彼に感情移入しやすくなっている。つまりシリーズの新作としてだけでなく、ジャック・ジュニアを主人公とする単発の冒険スパイ小説としてもじゅうぶん楽しめるというわけだ。

もちろん、ジョン・Ｔ・クラーク工作部長やハッカーのギャヴィンといったいつもの面々も重要な役回りで登場してくるので、これまでのファンの方もご安心あれ。

さて、二〇一三年に原著者トム・クランシーが亡《な》くなって以降、ジャック・ライアン・ファミリーを主人公にしたシリーズは、クランシーの遺志を継ぐ形で、気鋭の冒険小説作家たちによって書き継がれてきた。今回、そのチームに新たに加わった本書の著者ドン・ベントレーについてここで簡単にご紹介したい。

ドン・ベントレーは、アパッチ攻撃ヘリコプターのパイロットとしてアメリカ陸軍に十年勤務し、韓国やドイツ、テキサス州に配属された。〈第六次不朽の自由作戦〉で小隊長としてアフガニスタンへ派遣中に青銅星章と、武勲を称《たた》えるＶの徽章《きしょう》が付いた航空勲章を授与されている。その後、ＦＢＩに転じ、外国情報機関や対敵諜報を専門とする特別捜査官として勤務したほか、ダラス支局ＳＷＡＴチームのメンバーも務めた。ＦＢＩ退職後は、特殊作戦部隊のためのテクノロジーを開発する企業に勤務。オハイオ州立大学で電子コンピューター工学学士号とシートンヒル大学で芸術修士号を得ている。

二〇二〇年、国防情報局員マット・ドレイクを主人公に据えた『シリア・サンクシヨン』（早川書房）で作家デビューし、冒険スパイ小説界の新星として絶賛される。以後『イラク・コネクション』（二〇二一年、早川書房）など、マット・ドレイク・シリーズを書き継ぐいっぽう、本書でクランシー・チームの仲間入りを果たし、トム・クランシーの正統な後継者との評価を確立させた。二〇二二年には、ジャック・ライアン・ジュニアが今度は朝鮮半島で第二次朝鮮戦争勃発《ぼっぱつ》の危機に巻きこまれる作品 *Zero Hour* を発表している。現在、家族とともにテキサス州オースティン在住。

　ベストセラー・シリーズの新たな書き手として抜擢《ばってき》されただけあって、ベントレーの筆はじつに勢いが良い。これでもかこれでもかとサービス精神旺盛《おうせい》に危機を畳みかけてくるものだから、とにかくページを繰る手が止まらない。ハリソン・フォードが若かったころの映画〈インディ・ジョーンズ〉シリーズを思わせるといったら、訳者の贔屓目《ひいきめ》にすぎるだろうか。とにかくトム・クランシーのファンだけでなく、これまでハイテク軍事小説は苦手と敬遠されていた方にもぜひ読んでいただきたい、一気読み必至の痛快作である。

　おりしも映像関係では、若き頃のジャック・シニアの活躍を描くテレビ・シリーズ〈トム・クランシー／ＣＩＡ分析官ジャック・ライアン〉のシーズン3が公開されている。二度も大統領になってしまった現在のジャック・シニアにとって、もはや自身が諜報活動の現場で激しいアクションを展開するのはむずかしいだろう。その点で、まだまだ若いジャック・ジュニアを主人公にしたシリーズの動向からは今後、目が離せない。

（二〇二二年十二月）

ジャック・ライアン&ジュニア・シリーズ著作リスト

The Hunt for Red October（1984）『レッド・オクトーバーを追え〔上・下〕』井坂清訳（文春文庫）

Patriot Games（1987）『愛国者のゲーム〔上・下〕』井坂清訳（文春文庫）

The Cardinal of the Kremlin（1988）『クレムリンの枢機卿〔上・下〕』井坂清訳（文春文庫）

Clear and Present Danger（1989）『いま、そこにある危機〔上・下〕』井坂清訳（文春文庫）

The Sum of All Fears（1991）『恐怖の総和〔上・下〕』井坂清訳（文春文庫）

Without Remorse（1993）『容赦なく〔上・下〕』村上博基訳（新潮文庫）※〈ザ・キャンパス〉工作部長ジョン・クラークが主人公

Debt of Honor（1994）『日米開戦〔上・下〕』田村源二訳（新潮文庫）

Executive Orders（1996）『合衆国崩壊〔1～4〕』田村源二訳（新潮文庫）

Rainbow Six（1998）『レインボー・シックス〔1～4〕』村上博基訳（新潮文庫）※〈ザ・

キャンパス〉工作部長ジョン・クラークが主人公

The Bear and the Dragon（2000）『大戦勃発〔1～4〕』田村源二訳（新潮文庫）

Red Rabbit（2002）『教皇暗殺〔1～4〕』田村源二訳（新潮文庫）

The Teeth of the Tiger（2003）『国際テロ〔上・下〕』田村源二訳（新潮文庫）

Dead or Alive（2010）『デッド・オア・アライヴ〔1～4〕』田村源二訳（新潮文庫）※グラント・ブラックウッドと共著

Locked On（2011）『ライアンの代価〔1～4〕』田村源二訳（新潮文庫）※マーク・グリーニーと共著

Threat Vector（2012）◆『米中開戦〔1～4〕』田村源二訳（新潮文庫）※マーク・グリーニーと共著

Command Authority（2013）『米露開戦〔1～4〕』田村源二訳（新潮文庫）※マーク・グリーニーと共著

Support and Defend★（2014）『機密奪還〔上・下〕』田村源二訳（新潮文庫）※〈ザ・キャンパス〉工作員ドミニク・カルーソーが主人公

Full Force and Effect★（2014）『米朝開戦〔1～4〕』田村源二訳（新潮文庫）

Under Fire◆†（2015）

Commander in Chief★（2015）『欧州開戦〔1～4〕』田村源二訳（新潮文庫）

Duty and Honor◆†（2016）

True Faith and Allegiance ★（2016）『イスラム最終戦争〔1～4〕』田村源二訳（新潮文庫）
Point of Contact ◆▽（2017）
Power and Empire ☆（2017）
Line of Sight ◆▽（2018）
Oath of Office ☆（2018）『密約の核弾頭〔上・下〕』田村源二訳（新潮文庫）
Enemy Contact ◆▽（2019）
Code of Honor ☆（2019）
Firing Point ◆▽（2020）
Shadow of the Dragon ☆（2020）
Target Acquired ◆＊（2021）本書
Chain of Command ☆（2021）
Zero Hour ◆＊（2022）
Red Winter ☆（2022）
Flash Point ◆＊（2023）

（◆がジャック・ライアン・ジュニア・シリーズ。無印はトム・クランシー、★はマーク・グリーニー、†はグラント・ブラックウッド、▽はマイク・メイデン、☆はマーク・キャメロン、＊はドン・ベントレー著）

本書は本邦初訳の新潮文庫オリジナル作品です。

L・ホワイト
矢口　誠訳

気狂いピエロ

運命の女にとり憑かれ転落していく一人の男の妄執を描いた傑作犯罪ノワール。あまりに有名なゴダール監督映画の原作、本邦初訳。

D・E・ウェストレイク
木村二郎訳

ギャンブラーが多すぎる

ギャンブル好きのタクシー運転手が殺人の容疑者に。ギャングにまで追われながら美女とともに奔走する犯人探し――巨匠幻の逸品。

P・ベンジャミン
田口俊樹訳

スクイズ・プレー

探偵マックスに調査を依頼したのは脅迫された元大リーガー。オースターが別名義で発表したデビュー作にして私立探偵小説の名篇。

W・グレアム
三角和代訳

罪の壁

善悪のモラル、恋愛、サスペンス、さまざまな要素を孕み展開する重厚な人間ドラマ。第1回英国推理作家協会最優秀長篇賞受賞作！

C・R・ハワード
高山祥子訳

56日間

パンデミックのなか出会う男女。二人きりの愛の日々にはある秘密が暗い翳を投げかけていた。いま読むべき奇跡のサスペンス小説！

J・ノックス
池田真紀子訳

スリープウォーカー
―マンチェスター市警
エイダン・ウェイツ―

癌で余命宣告された一家惨殺事件の犯人が病室内で殺害された……。ついに本格ミステリーの謎解きを超えた警察ノワールの完成型。

奪《だっ》還《かん》のベイルート（下）

新潮文庫　ク－28－78

Published 2023 in Japan
by Shinchosha Company

令和五年二月一日発行

訳者　村《むら》上《かみ》和《かず》久《ひさ》

発行者　佐藤隆信

発行所　株式会社新潮社

郵便番号　一六二―八七一一
東京都新宿区矢来町七一
電話　編集部(〇三)三二六六―五四四〇
読者係(〇三)三二六六―五一一一
https://www.shinchosha.co.jp

価格はカバーに表示してあります。

乱丁・落丁本は、ご面倒ですが小社読者係宛ご送付ください。送料小社負担にてお取替えいたします。

印刷・株式会社光邦　製本・株式会社大進堂

ISBN978-4-10-247278-1 C0197